INDEPENDENT
LEGIONS
PUBLISHING

Horror Writers
ASSOCIATION
SPECIALTY PRESS AWARD RECIPIENT

INDEPENDENT LEGIONS PUBLISHING

SAMSARA
CALEB BATTIAGO

ISBN: 978-88-31959-07-0
Luglio 2018
Copyright ©2018 Alessandro Manzetti
Copyright (Edizione) ©2018 Independent Legions Publishing
Proofreading: Miriam Mastrovito
Illustrazione di copertina: Wendy Saber Core
Illustrazioni interne di Stefano Cardoselli

ॐ
SOMMARIO

CALEB BATTIAGO

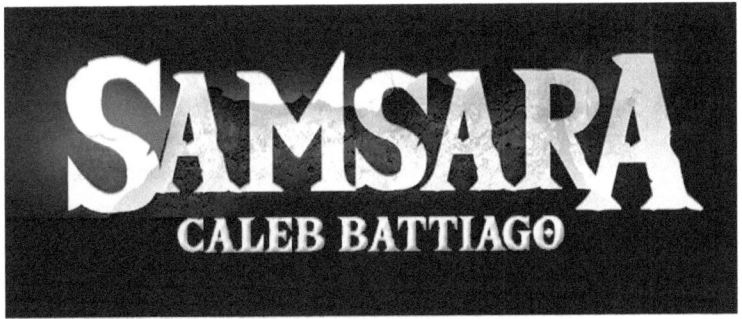

(...) otterranno ottocento benefici della vista,
milleduecento benefici dell'udito, ottocento benefici dell'olfatto,
milleduecento benefici del gusto, ottocento benefici del tatto,
milleduecento benefici della mente.
Grazie a questi numerosi benefici tutti i suoi organi di senso
diverranno puri. (...)

Sutra del Loto, dal capitolo XIX
Saddharmapuṇḍarīka-sūtra (सद्धर्मपुण्डरीकसूत्र)

UXOR 77

L'hanno avvistata due anni fa quella gravida puttana,
che rotolava nello spazio pisciando la sua messianica scia gialla.
Bum! Un meteorite, una troia transnettuniana dalla pelle butterata
e la forma di una balena senza culo e senza testa;
un siluro definitivo color blu di Prussia.
L'abbiamo vista tutti arrivare,
avanzare giorno dopo giorno, e poi schiantarsi.
E il suo piscio dorato per giorni ha continuato a cadere giù,
ricoprendo, come un presepe radioattivo,
questo nuovo deserto senza proteine.
L'abbiamo vista crescere, giorno dopo giorno.
Partorire polpette avvelenate.
Ci siamo scannati per un pezzo di carne,
per un trancio di essere umano a buon mercato.
Uxor 77. L'innesco dell'Apocalisse. Guardati alle spalle.
Guardati da dopodomani, siediti davanti alla porta
con un fucile a canne mozze.
Non farla entrare. Non uscire. Non mangiarti nessuno.

1
GRACE

ANNO 16 POST-UXOR
GRANDE CANADA
MOOSONEE/ZONE 1-2-3-4

Zona 2. Un cane arrostito ruota continuamente sull'affilato asse di metalluminio che gli spunta da bocca e culo, intorno tre figuri, una volta somiglianti a degli uomini, si sfregano le mani dal freddo. Hanno pochi denti in bocca ormai, i cacciatori, ma sono dotati di gengive forti, ricoperte dal cemento della necessità. Il recinto della Zona4 spolverato dalla brina, il fumo di proteine cotte che passa attraverso le maglie. *Un miracolo?*

Il campo di patate fosforescenti, dall'altra parte, graffiato dalle unghie della Scheggia 7 della grande puttana schiantatasi a 12.000 chilometri di distanza, dall'altra parte del mondo, sedici anni fa. Uxor 77, il meteorite dalle ovaie avvelenate, il vaiolo alieno, si è sbriciolato fin qui ficcando i suoi pallettoni di peste qualche metro sottoterra. Cinque crateri, schizzati fuori dalla terra gialla, che fanno pulsare un verde smeraldo di profondità, disegnano una collana eretica disposta di sbieco su questa zolla del Pianeta Terra. Ma non c'è un collo adatto, qui, per indossare l'Apocalisse e presentarsi nella macabra sala da ballo della Fine, laggiù, nei grassi container che luccicano ad appena duecento metri, dove sono accatastate le vittime dell'Impatto, surgelate. Ma la puzza di ammoniaca, di ananas e di guano di bestie dal colon decomposto, un sapore così straniero, scappa fuori dalle cerniere arrugginite e sbava il suo accento da discarica stellare su tutti i musi dei sopravvissuti.

Il Brodo dei Galleggianti, così ora chiamano la Baia di James, mareggia sulla costa alzando vapore e stormi di mosche nere, lasciando ai piedi della cittadina-lager carcasse stracotte di balene fulminate dal Big Flash, con le loro tonnellate di stomaci e fegati rosolati e i paté di ghiandole gastriche ricoperte dalle perline azzurre di batteri figli di puttana, risvegliati dal letargo cosmico.

Nel budello che recinta la Zona1 un uomo, completamente nudo nonostante il gelo, con la schiena ricoperta di crateri tatuati, si fotte avidamente il cadavere rattrappito di una foca sul tetto di casa. Scuote violentemente la carcassa dell'animale, proiettato là sopra, tanti anni fa, dallo tsunami ignobile che ha trasformato l'area in un acquario morto di bestie e di gente, di pinne e di teste umane frullate dai vortici, sbiancate dalla sorpresa. Raggiunge l'orgasmo, e la disperata vendetta contro il divino pezzo di merda, lassù, dalle tasche piene di fulmini, il pene dorato e una fionda tesa verso il pianeta Terra. La Scheggia 7, e poi tutto il resto. *Maledetti sassi.* La famiglia dello scopatore di carcasse è stata risucchiata dallo sbordo del Brodo bollente: dopo aver sputato l'anima e le sue grida liquide nel corpo duro del cetaceo quasi fossile, si alza in piedi e bestemmia, mentre la foca continua a lampeggiare come se avesse un retto al neon.

Da una baracca ai margini della Zona2 si sentono delle grida: tra le cosce di una donna spunta la testa di una creatura disgustosa, con testa umana e corpo di ermellino, che allarga la vagina con le piccole zampette per squarciare il sogno e proiettarsi nel mondo. Pelo azzurro, certo, un altro abominio della stirpe di Uxor 77.

Nelle Zone 3 e 4, le più distanti dalla collana di crateri, e dalla coda schiantatasi in mare, il grano più grande del rosario volante della Scheggia 7, c'è qualcuno attaccato con le dita ai ricami magnetici della serie di recinti, stupito di quel giardino degli orrori che si è animato ed evoluto dall'altra parte, mutando continuamente, in quelle aree a quarantena 'zero' distanti appena poche centinaia di metri. I container dei morti, creature azzurre a due e quattro gambe, incroci eretici, che saltellano tra ciuffi d'erba solidi come aghi, il vapore malato che condensa e contamina. Un vecchio, dalla faccia mezza liquefatta, un profilo dipinto da Dalì, beve il proprio piscio in un piccolo cranio umano lucidato con cura. *Piccolo mio*, sussurra tra un sorso e l'altro.

La Milizia dell'esercito governativo, che controlla fin dall'inizio, dopo lo schianto, l'intera città ad armi spianate, con le palle ficcate in ridicole tute meso-spaziali troppo grandi, ha piazzato cecchini sui tetti delle Zone 1 e 2, e continua a fare sfracelli di mostri e sopravvissuti contaminati. *Niente deve uscire da quei recinti a quarantena zero*, l'ordine è chiaro.

Cristo, una quarantena di sedici anni.

Mezzogiorno, due minuti e trentaquattro: la raffica dei secondi scanditi dai rigurgiti a stantuffo dei lancia-granate XM44 segna il tempo perfettamente, non ci si può sbagliare. Ogni cinque secondi un cervello di qualcosa, o di qualcuno, diventa una densa frittata blu. Ogni cinque minuti un elicottero si abbassa al suolo per friggere gruppetti di lebbrosi di nuova generazione e alci senza pelle dalla carne viva, irradiata da abominevoli arterie di uranio che scodinzolano come vipere spuntate fuori dalle uova. Il pilota del velivolo dell'ultimo assalto si morde le labbra, fino a farle sanguinare, mentre apre il fuoco sulla sorella, che vomita sangue blu, immersa fino alle ginocchia nella pozza di se stessa, già circondata da un anello di grossi ratti pronti al banchetto. Ogni cinque ore un colonnello si strappa una medaglia dalla mimetica e poggia l'indice sul pulsante rosso dell'atomizzatore. *Azzerare tutto*, meglio che continuare quel massacro senza senso. Ma l'ordine del Presidente non arriva mai, come è successo per gli altri quattro, mentre gli scienziati dei laboratori di ricerca ce l'hanno già duro come il marmo pensando ai nuovi rifornimenti eretici in arrivo: vivisezionare l'Apocalisse non è roba da tutti i giorni.

Finiranno presto, sistemeranno tutto, continuano a dire. E ti prendono pure per il culo continuando a far passare la musica di Mozart sul Sistema Ludico comunale, con le sue mille bocche elettroniche installate in ogni strada. Frittate e Requiem. Violini e Raffiche. Maree di brodo bollente e quartetti di grida.

Il kaboom di Pompei era stato molto più pietoso.

«Hai sentito niente del rastrellamento? Il vecchio Logan dice che è per stanotte.»

Jackson, appena tornato dalla fila della distribuzione delle sacche di 'merda verde', il cibo sintetico distribuito dalle Milizie ai semi-reclusi delle Zone 3 e 4, stringe la mano di Mona, poi la molla improvvisamente per afferrare al volo un bicchiere saltato via dalla tavola. «Maledetti cecchini», mormora digrignando i denti.

«Grace come sta?», aggiunge avvicinandosi alla finestra, per scrutare l'origine dell'esplosione, o forse anche tracce del futuro che teme possa materializzarsi all'improvviso, con un lampo.

«Come sempre... il sole si sta abbassando, tra tre ore se ne andrà di nuovo, lo sai», risponde Mona dopo aver sputato fuori un sospiro e stretto tra le mani l'ultima bottiglia di tequila molecolare. Finita quella, non ci sarà altro per addormentare il cervello. Solo un proiettile in testa.

«Dobbiamo muoverci allora. Non c'è più tempo», ringhia Jackson guardandosi intorno, come per osservare le idee e le ipotesi che gli ronzano intorno alla testa. «Logan non si sbaglia. Sarà anche un tossico figlio di puttana, ma ha orecchie dappertutto. Comunque sia, prima o poi verranno a prenderla.»

«Vado a prepararla, tu chiama Zack e digli che siamo pronti. Se è ancora vivo... Questa me l'ha data Oceanne, un portafortuna. Almeno così ha detto. Ci sarà utile.»

Mona preme il pulsante e il cassetto a estrazione della cucina scivola in fuori rivelando il suo contenuto: una vecchia granata Willy Pete.

«Cristo, *fortuna al fosforo...*», boccheggia Jackson con la fronte imperlata di adrenalina.

Samsara, il ciclo di nascita-vita-morte che si ripete all'infinito, un vero e proprio mantra da queste parti, sibilato tra i denti, quando sono ancora attaccati alle vecchie radici smosse dalla 'rivoluzione' silenziosa delle proteine zero, o tamburreggiato sul palato dalle lingue cotte di vecchi in fila che aspettano di crepare davanti alla stazione dei bus, deserta come il loro futuro. Gli hanno detto che saranno trasferiti, questione di ore, di razionamento delle risorse.

Ma ogni sei ore la Milizia lancia dagli elicotteri, che ronzano in circolo (anche loro) come calabroni col pungiglione trasparente, biglietti per il camposanto col paracadute, travestiti da sacche di merda verde, di cibo. Non sono altro che flebo gonfie di veleno, al sapore di antimonio, mandorle e pollo.

Le ruspe sono già pronte a raschiare dalla terra l'ultimo carico morto di vecchi, inutili umani, con le loro valigie troppo grandi. Aspettano la notte, il coprifuoco, il segnale, la sirena, per sgombrare il piazzale.

Samsara, un uroboro squamato di illusioni iridescenti che si azzanna la coda, il cerchio per eccellenza; un mandala di carne spazzato via dai pesanti piedi ferrati della realtà e subito ricostruito, identico; il cratere principale di Uxor 77 a Bhubaneswar, con le formiche umane che animano il bordo perfetto; la sfera dello stesso Pianeta Terra; gli occhi con cui osserviamo l'Apocalisse fottere tutto. Due cerchi, miliardi di cerchi.

La stessa forma, e la medesima logica: è quello lo stemma della maledizione dei sopravvissuti delle Zone 3 e 4 di Moosonee. La chiamano 'La Peste Bianca'. La Scheggia 7, una delle sorelle di Uxor finite fuori traiettoria, è la madre di una nuova stirpe di appestati, di 'farfalle seriali' che terminano il loro breve ciclo di esistenza per spegnersi nell'oblio, in ricordi di voli tritati a terra come foglie secche, per poi riagganciare la coscienza e riavviare il motore biologico verso un successivo lasso di tempo. E poi altri miliardi. Sole nuovo, vita nuova, vita ancora, all'infinito.

Resurrezione? Qualcosa del genere. *Resurrezione ogni giorno*, sarebbe meglio definirla così, e immaginare nuovi sepolcri attrezzati come miniappartamenti, o bare di protomadio blindate, dotate di aria condizionata, sistemi ludici e sistemi di vascolarizzazione accelerata, con aperture temporizzate come gli antichi caveau delle banche. *Quando cazzo sei nato? Ieri, oggi e domani.*

Qui il terreno è minato da mutazioni che, evolute col tempo, hanno iniziato per il culo la Morte che si è già incoronata da sola come Napoleone, indossando l'abito buono e le mutande rosse, per poi vedersi sfuggire di mano un gruppetto di piccoli bastardi immortali. *I tuoi cluster di clessidre dell'umanità singhiozzano adesso, vero, vecchia puttana?*

Tutti i bambini della città, l'ultima generazione da 0 a 3 anni, sono marchiati dal tocco della Peste Bianca che è arrivata al cortocircuito finale, e accendono e spengono l'Apocalisse, come una fila di lampioni accesi in una città in perpetuo blackout. Un virus di sistema, dentato e affamato, che rosicchia i cavi della fine del mondo.

Anche Grace, appena un anno di vita, è stata toccata dalla nuova Peste Bianca, esplosa in ritardo come una dormiente bomba della prima guerra mondiale, e mentre il sole sta afflosciandosi sull'orizzonte, congestionato dal suo sistema digerente che mastica arancioni e viola come una ciclopica fornace, la bambina chiude gli occhi e salta dall'altra parte. Viene inghiottita dal pozzo dell'altrove, il cerchio nero, la sua piccola consapevolezza avverte sulle ossa l'umido stringersi delle ganasce della morte apparente. Continua a cadere giù senza mai toccare il fondo, da dove salgono le grida di crepati tradizionali, freschi di giornata, il pasto di alligatori trascendenti e altre creature dalla coda lunga, che dall'inizio dei tempi lavorano come psicopompi azzannatori e che ora cercano di saltare e afferrare gli appestati, che ciondolano su e giù davanti ai loro musi dentro una elastica imbracatura d'infinito.

Ieri è accaduta la stessa cosa, lo stesso salto nel cerchio nero, fino all'alba. Ma non è un semplice incubo, è il Samsara dell'Apocalisse, e nessuno è in grado di staccare la bocca dalla coda dell'intero processo.

Un inferno saldato dal patto del Mandala della Scheggia 7.

Tempo fa si erano trovati rimedi efficaci contro tutti i tipi di 'mostri' conosciuti: il paletto di frassino per i vampiri, la pallottola d'argento per i licantropi, il rogo per le streghe, l'esorcismo per i posseduti, la bomba atomica per i kamikaze, il napalm per gli immortali Viet Kong, lo Zyklon B per le tribù di orchi di David, il crack per l'uomo nero, le bombe intelligenti per nuovi profeti barbuti, il vaccino epidurale per i froci e le supposte del populismo per i liberi pensatori, specie ormai quasi estinta, al pari dei gorilla di montagna.

I pezzi da novanta del Grande Canada, gli strateghi dall'abito lucido e i denti di dilitio, hanno analizzato a fondo il problema della Peste Bianca e dei bastardi di Moosonee, germi di un piccolo, immortale esercito rivoluzionario. *Nessuno deve fottere l'opportunità di un'Apocalisse in corso. Se la Guerra vale cento, oggi siamo a parecchi zeri in più.*

I laboratori-mattatoio ai confini della città, nella Zona 5, all'interno del quartier generale della Milizia, hanno offerto il meglio della loro consueta ingegnosità, dopo qualche tentativo a casaccio. Dopo aver provato a sventrare qualche esemplare per analizzarne le interiora, con sonde da evoluti rabdomanti, e aver valutato con attenzione i risultati dell'affogamento, dei danni da lanciafiamme, di clisteri di acido solforico e di tritacarne grossi come gruppi di continuità di centrali ipso-elettriche, e aver constatato nei soggetti capacità incredibili di ricostruzione dei tessuti e di guarigione delle ferite, nell'arco di una sola notte, hanno finalmente stabilito il protocollo per la soluzione finale: basta tagliar via la testa, e i piccoli bastardi la finiranno di crepare e rinascere ogni giorno.

Una strage semplice da organizzare, che non necessita di raffinate apparecchiature tecnologiche e, soprattutto, a basso costo. Il fegato di usare un cesore Metzelder XP sul collo di qualche ragazzino 'zombie' non manca di certo ai mercenari della Milizia, pronti a scannare anche la madre per una dose sottobanco di Cloud1, quella magnifica sostanza appena ingegnerizzata, capace di farti volare sbalzando sul bordo del mondo come un fagiano ripieno di coca, ricordi di odalische a tre tette e bistecche alla Bismark grandi come copertoni di un camion, oppure per una semplice proto-puttana sintetica ancora vergine, mai usata, con l'ano di lattice a temperatura regolabile e la slot machine di aghi per infiltrazioni di stimolanti installata nella vagina.

Come farsi un tatuaggio psichedelico sull'uccello. Come una scannerizzazione indotta di LSD3 sullo scroto o sentire le valvole del cuore a bagnomaria in una bella tintura di liquido amniotico, papaveri atomizzati e sperma di toro. Wow!

Il rombo di un pick-up, in lontananza, che sale di intensità come la risata isterica di una scimmia appena uscita da una reverse-dialisi di Cloud1. *Sangue frizzante.* Dopo appena qualche secondo, una frenata esagerata, che stringe per le palle le parallassi magnetiche ormai incandescenti, grida davanti alla baracca di Jackson e Mona Napoleone.

Una coppia di stivali, adatti a stringere le costole di uno stallone imbizzarrito, spunta dallo sportello a scorrimento, zzzzzzzz, seguita dalla figura di un omone vestito da taglialegna psichedelico, stretto in una camicia a scacchi rossi, con un machete stretto sulla coscia destra dei suoi jeans-replica. Lo strano figuro salta giù dalla vettura, si porta le braccia ai fianchi e si gratta le palle, prima di sbraitare. *Gente! Qui c'è qualcuno che non si fa un goccio di tequila da almeno sei ore!*

«Ma che cazzo...», commenta Jackson ad alta voce, affrettandosi verso la porta. Zack 'Rompighiaccio' ha il cuore bello grosso e non ha paura di niente, è una delle poche persone delle quali ci si può fidare, ma non è certo un tipo da far aspettare troppo, specie quando si sta organizzando una fuga in piena regola sotto il naso della Milizia.

Gente! Vi faccio notare che qualcuno ha detto: 'Date da bere agli assetati'. Va bene che la Bibbia l'avrà letta solo mia nonna, mentre si trincava quella merda di like-brandy, ma le orecchie ce le dovreste avere ancora attaccate alla testa, no?

«Datti una calmata, Zack, prima di sputtanare tutto. Entra a serviti da solo. Saremo pronti tra cinque minuti. E senti... grazie di essere dei nostri, figlio di puttana.»

Jackson afferra l'amico per una manica della camicia e lo spinge all'interno della baracca.

«Come è andata con Oceanne? Temevo ti tagliasse i gioielli per questa storia», aggiunge poi sghignazzando, dopo aver indicato all'amico una bottiglia mezza vuota sul tavolo della cucina.

«Quella è matta come un cavallo, ci vorrebbe un ammansitore, di quelli di una volta, per farla ragionare. Mi ha tirato una coltellata, guarda qui.» Con la bottiglia in mano, alza la camicia e mostra una ferita di striscio, che sanguina ancora. Ci versa sopra un goccio di tequila sintetica e stringe i denti. *AAAAASSSSSHHHH!*

Dopo aver pestato il pavimento, e sparato l'ennesimo *fanculo*, Rompighiaccio si avvicina a Jackson con fare serio, e gli sussurra sotto il muso: «La conosci, non è voluta venire, sarà ancora in garage a preparare le sue bombe per la festa, quando i bastardi inizieranno la caccia... quella non si perde una rissa, figurati un bel casino con la Milizia. Il vecchio Logan dice che è per stasera.»

«Ho sentito anch'io, per questo ci muoviamo oggi», conferma Jackson facendo traballare la testa. «Magari Logan si è ficcato un imbuto in bocca per spararsi in gola un etto di magnetite, e ha il cervello fuori uso, ma meglio non rischiare. Quello la sa lunga, è il vantaggio degli spacciatori, no?»

«E chi lo sa? Quello che è sicuro è che mi ha fatto saltare l'anniversario della prima scopata con Oceanne, e quella è una femmina che ci tiene a certe cose; ti metterò in conto anche questo, quando tireremo le somme. Una coltellata d'amore vale almeno dieci bottiglie di tequila. Ma senti, la piccola Grace come sta?»

Mentre le ultime sillabe di Rompighiaccio colano ancora dalle sue labbra spaccate dal freddo, la porta della stanza da letto scivola veloce sui suoi binari, come una ghigliottina; il pavimento scricchiola e dal telaio dell'arco di plektek emerge Mona. Scalza, stretta nella sua tuta termica di seconda mano, con Grace in braccio, ovviamente morta. Il sole è tramontato, e ha sigillato ancora una volta la bocca di tutti i figli della Peste Bianca. Il viso della bambina è grigio come il cemento, e le labbra sottili, azzurrognole, fanno pensare a una spilla di Babilonia. Sta cadendo nel pozzo, e i suoi capelli biondi sembrano muoversi in quel salto senza fine come coralli spettinati da una onirica gravità senza sopra e sotto.

«Con la confusione che state facendo, voi due bellimbusti, è un miracolo che non sia ancora saltato qui dentro un intero squadrone di bastardi. Sono tutti all'erta quelli, oggi più che mai. Oceanne ieri mi ha detto che hanno spostato qui parte dei cecchini della Zona 1 e 2. Mostri, appestati o cittadini, per loro è la stessa cosa. Li pagano per numero di cervelli esplosi, e ora potranno fare gli straordinari, anche qui. Hanno installato altre parabole isofoniche per registrare ogni singolo singhiozzo... non è che quelle migliaia di antenne, là fuori, gli servono per ascoltare voci dallo spazio. Riuscite a tenere a freno il testosterone, o addirittura la lingua? Ciao Zack, felice di vederti, siamo pronti.»

2
LA CACCIA

«Il piano lo conoscete, per chi ha lo stomaco delicato, le 'signorine' tra di voi, meglio che tiriate fuori i coglioni. Se preferite, vi installo io due granate Palmer nello scroto e vi faccio uomini. Qualcuno ne ha bisogno? *Bene... e niente scommesse sui cervelli esplosi oggi, chiaro?* Le voglio intatte le teste di quei piccoli bastardi, dobbiamo contarle tutte, stasera, e procedere al riconoscimento facciale. Non fate cazzate... Per i bavosi, lo stupro della popolazione è autorizzato solo dopo che avrete riempito lo zaino refrigerato. *Cinque teste.* Ma attenti a intingere l'uccello nelle cosce e chiappe di puttane a media-quarantena. Usate un rotore e trivellerete tranquilli, non si sa ancora cosa gli cova in corpo, a quelle.»

Il colonnello Kirkus squadra i suoi uomini massaggiandosi la barba e lo scroto, a intermittenza. I suoi capelli bianchi, tagliati quasi a zero, ne tradiscono l'esperienza e una cattiveria di lunga data.

Il plotone d'assalto della Milizia è rigido sull'attenti davanti al suo robusto condottiero, e pronto per la missione. Ognuno è equipaggiato con un cesore Metzelder XP agganciato alla fascia multiuso sistemata a tracolla; bisogna fare un lavoro pulito. Quegli arnesi infernali non fanno parte della dotazione standard, niente uso militare, almeno fino a oggi. Sono stati progettati per i macelli di eliminazione dei bovini in piena Fase3 della malattia dei prioni. Bestie impazzite, con la lingua azzurra e viscere marce, usate come gallerie e scorciatoie da grassi vermi di nuova generazione, che scavano e mordono per arrivare al loro Eldorado: il cervello. Bistecche e controfiletti a quattro zampe inquinati da Uxor 77 e tutte le sue scariche di schegge di merda che hanno graffiato, e fottuto, il pianeta.

Jordan Landry, matricola 337XY1, un novellino rispetto agli altri bruti, non riesce a controllare la vescica e si sta pisciando nella mimetica. Non si muove dalla fila, è una statua di sale con la faccia bianca e l'uretra schiacciata dai guanti di ferro di un pensiero elettrizzato che gli sussurra nelle sacche più profonde dei neuroni: *se non esegui gli ordini ti impiccheranno per i testicoli alla palizzata di morblex del campo, col pene ficcato in bocca come un sigaro.*

Trema, scosso come un ciuffo di gramigna frullato dalle pale rotanti di un elicottero Tiger che spazza l'erba, e tutto il resto, da una piazzola d'emergenza.

Kirkus, allertato dalla voce liquida, sottile dell'urina che cola su anfibi appena lucidati, là dietro, centra col suo bieco sguardo il soldatino in terza fila, dopo aver fatto ondeggiare per qualche secondo la testa quadrata, con le ginocchia leggermente piegate, per scrutare quella cartuccera vivente di uomini, e individuare il cazzone di turno. C'è sempre un fesso in un plotone, niente da fare; è impossibile stanare tutte le piattole da un bordello.

«*Madamigella*, piacere, io sono Kirkus e ce l'ho grosso tanto da strozzarti», tuona il Colonnello avvicinandosi al soldato. Poi, dopo avergli piazzato il grugno all'aroma di tequila a due centimetri dal muso, estrae dalla fondina la Glock 54C dal manico di corno d'alce e spara due colpi tra le gambe del ragazzo, lasciandolo a terra urlante e agonizzante.

«*Sentitelo, strilla come una ragazzina dopo la prima palpata di tette*», imperversa Kirkus, per poi chiudere la vicenda a modo suo. «Sistemati e fatti *bella* per stanotte, magari dovrai soddisfare qualche compagno di bocca buona; *Cristo,* quando avrò tra le mani quella troia terrorista che ha fatto saltare in aria il nuovo carico di puttane diretto al campo, le infilerò una granata dove dico io. *Beh? Cosa avete tutti da guardare?* Muovete il culo e andate a fare il vostro lavoro. Buona caccia.»

Zona 3 – Squadra Beta
Baracca Uv34

Matt Bernier, con l'occhio da ciclope del suo Magnitudo Reader incassato sul cranio, sta lavorando ai meccanismi di un vecchio orologio a pendolo. Un hobby del cazzo, ma ha bisogno di distrarre la mente ed evitare di guardare dalla finestra i massacri nelle Zone 3 e 4, e le feste dei ratti sul campo di battaglia illuminato a festa dal fosforo. Meglio infilare gli occhi, le dita e i microscopici strumenti tra gli organi metallici di quei vecchi cadaveri del tempo, vederli brillare e scodinzolare di nuovo facendo oscillare le barre di metallo. Si sente come il Dottor Frankenstein a volte, quando assembla qualcosa di nuovo e funzionante, con pezzi di diversi dispositivi. Sta mettendo a punto un meccanismo scenografico animato, disponendo sul tavolo di lavoro una serie di elettromagneti, una ruota dentata e piccoli soldatini dell'esercito britannico del XVII secolo, con le loro giubbe rosse smaltate. Quando sente gridare sua moglie, Ann, Bernier si sfila il Magnitudo Reader, scatta in piedi si volta e si trova davanti alla faccia il ghigno ubriaco di un cerbero della Milizia di Quarantena.

Il mercenario lo fissa negli occhi, sembra poterlo vedere dentro, scrutargli i meccanismi di carne del cervello, e il pendolo dell'anima che ondeggia sempre più lentamente. Bernier sente una lama squarciargli lo stomaco; ora indossa anche lui la giubba rossa. Prima di crepare, e volare nel pozzo nero, fino in fondo, vede un altro figuro trascinare per le gambe la moglie giù dalle scale, nuda, e un terzo bastardo, in ginocchio, che serra il cesore intorno al collo di Christian, suo figlio di due anni, già in stato di morte apparente. Quando la testa del bambino salta via e rotola veloce sul pavimento verso il padre, come per una strana gravità da ricongiungimento famigliare, la vista abbandona Bernier, sfocandosi sul suo orologio a muro preferito. Sono le 20:34.

Il capo del drappello di incursori pulisce la lama del coltello sulla maglietta del morto, sferra un calcio alla testa mozzata del ragazzino indirizzandola verso l'angolo a destra della camera e bofonchia: «Non ci provate, *questa è mia, e anche la puttana*; tu, coglione, portala qui... vediamo cosa c'è sotto l'ombelico di queste troie da mezza-quarantena. A voi toccherà la prossima... o il culo di questa se volete; quello posso lasciarvelo tra qualche minuto, se non vi fanno schifo un paio di chiappe morte. Basta non farle freddare troppo.»

Zona 4 – Squadra Kappa
Baracca Sv99

«Ti prego, farò quello che volete, ma non fategli del male», implora Helen baciando gli anfibi di Roshack, sergente della Milizia di Quarantena.

«Uhmmmm, hai davvero delle belle tette, donna, grosse come piace a me, e questo può *aiutare*», replica il soldato e la scalcia con sprezzo, facendola ribaltare su se stessa. «Vediamo, ti propongo uno scambio: una delle tue burrose mammelle in cambio della testa della ragazzina. *Ehi, voi due...* fermi e aspettate gli ordini, cazzo!», aggiunge poi ai compagni, facendogli l'occhiolino.

La donna si rialza in piedi, senza aggiungere una parola si sfila il vestito e lo lascia scivolare fino alle caviglie. Si toglie il reggiseno e le mutandine, restando in equilibrio prima su una gamba e poi sull'altra. Nuda, giovane, soda e disperata. Si asciuga le lacrime con l'avambraccio destro, cercando di non guardare in alto, sulla sinistra, dove il marito è attaccato al soffitto con la lingua di fuori, gonfia come una lumaca mutata, di quelle che adesso somigliano più che altro a invertebrati. Un machete ha trapassato la gola dell'uomo dal basso verso l'alto, si è fatto spazio nella scatola cranica, scheggiando la spina dorsale, per poi spuntare fuori dall'altra parte, all'altezza del cervelletto, e piantarsi infine sul soffitto di plektek, lassù. Un lampadario morto, paonazzo, troppo grande e pittoresco per una stanza così piccola e arredata dalla banale semplicità della coppia.

Roshack sorride, si sfila dalla cintura un estrattore a ventosa Kemper e lo poggia sulla mano tesa della donna, che accetta quell'elemosina infernale. «Forza, datti da fare.» Lei afferra l'attrezzo, lo accende e la circonferenza della ventosa libera la corsa dei led verdi, in una sequenza circolare che si completa all'infinito. Il bordo laser dell'estrattore, quella bocca incandescente di forma ellittica, è pronto ad affettare carne, è stato progettato per quello. Lei si poggia l'arnese sul seno sinistro, quello scelto da sacrificare, e lascia che l'attrezzo affondi un centimetro nella sua epidermide, agganciando i minuscoli regolatori iurici per l'anestesia locale, prima di iniziare a ruotare velocemente, senza pietà, e incidere l'organo con perfezione geometrica. Quattro secondi, la colonnina dell'estrattore lampeggia, l'appendice a ventosa risucchia nel caricatore sagomato la mammella con un tecnico e maligno sibilo: *SSSSSHHHHH*. Il dolore arriverà più tardi, galoppando come si deve con la coda in fiamme, ma per ora l'operazione si rivela veloce e indolore.

Roshack strappa via dalle mani della donna lo strumento con gli occhi luminosi ormai spenti, che ha già compresso carne e ghiandole dell'organo in un rettangolo di tre centimetri per due, e lo ripone con cura nella cintura. Il bastardo adora succhiare le sue caramelle vive, *quelle quintessenze biologiche di femmine.*

Gli è venuto duro, durissimo; un'estrazione volontaria è il massimo per lui, secondo la sua personale scala di depravazione, sulla cui sommità lampeggia feroce un utero in riduzione ricoperto di glassa e canditi, che lo guarda amorevolmente con la sua faccia da piccolo alieno, muovendo le grosse orecchie.

Osserva sbavando il nuovo seno della donna, dopo il trattamento, con quel fanale sinistro viola accecato, che fuma ancora, e l'altro grasso e rigoglioso, col capezzolo di ghiaccio in cima, e concede alla questuante l'onore delle armi. Arpionando l'indice fa avvicinare uno dei suoi uomini, e come un sacro chirurgo dell'orrido dai paramenti mimetici da macellaio, si fa passare il cesore Metzelder. Nel collo della donna, nel ceppo morto e mozzato che ne resta dopo aver fatto lavorare le ganasce luminescenti dello strumento, si vedono ancora le uova delle grida della femmina che non hanno fatto in tempo a uscire ed esplodere nell'aria.

Non era certo quello che lei desiderava, ciò che aveva barattato con l'infame, ma meglio di niente. Non vedrà sua figlia decapitata, almeno questo, e quella testa profumata galleggiare nel sangue come quella delle bambole smontate dagli occhi blu vedo-non-vedo che seguono la corrente nella rete fognaria comunale.

Zona 4 – Squadra Sigma
Baracca Kv47

I cinque della squadra Sigma, la più efferata della Milizia, detentrice del record di cervelli esplosi, hanno già messo al sicuro le loro cinque teste negli zainetti refrigeranti: carico completato. *Pesano però, quei crani dormienti, porca puttana.* Sono sempre i migliori, i più veloci a portare a termine una missione. Adesso hanno ancora trenta minuti da spendere per la pura estasi dello stupro e della tortura creativa. Hanno il via libera del Colonnello, e tanto basta.

La Baracca Kv47 è già stata ripulita da un'altra squadra, ma c'è ancora da fare là dentro, nella casa delle sorelle Blanchard. Le conoscono tutti, quelle: la più giovane, Abygael, se è ancora viva, la chiamano la 'Vergine di Moosonee'. No, non si tratta della vagina, sfondata da tempo, e che ha già sputato fuori due gemelli dai capelli rossi. Ciò che rende la ragazza unica in quella cittadina alla deriva, e ancora illibata, è la bocca, che non esiste proprio su quella faccia da sirena sdentata che può solo mugolare i suoi richiami dorati. Un cazzo di scherzo della natura, e nello stesso tempo un oltraggio alla bellezza e alla potenziale libidine di tutti gli abitanti dotati di un uccello ancora in buona forma.

Niente bocca, proprio così, ma non c'entra niente con le bizzarrie animate dallo schianto di Uxor 77, e tantomeno con la grandinata indigena della Scheggia 7. Una malformazione 'umana' da prima repubblica terrestre.

La sorella di Abygael, Kayce, non è granché, per dirla tutta, ma anche lei è considerata un bocconcino speciale, da intenditori, come la cinquina della Squadra Sigma, per intenderci. A quella non manca proprio nulla, ha tutto, anzi... troppo di tutto. Quattrocento chili di femmina, una balenottera sprecata per uso convenzionale, figuriamoci ora che non potrà più dedicarsi a fare da amorevole zia ai due nipoti ghigliottinati un'ora fa, cucinare i suoi celebri dolci e scorreggiare per casa muovendosi sul suo veicolo di deambulazione Move2 a cuscinetti magnetici.

I cinque hanno già chiaro cosa fare delle due sorelle Blanchard, se le hanno lasciate vive. Le avranno già sfondate i colleghi dell'altra squadra, predate in ogni modo, facendo troneggiare la dissolutezza con la sua corona di sperma cristallizzato. Ma c'è sempre un secondo livello di depravazione, che si può decriptare in trasparenza sul foglio dell'opportunità, con l'aiuto di una luce, una torcia, o una testa sadiana dal terzo occhio a fare da raggio nero sull'incomprensibile. Come un antico manoscritto che cela il meglio col suo inchiostro visibile solo alla luce della candela, o una mappa olografica con una backdoor bioDNA in grado di farti spaziare in ambienti proibiti, frutti marci di programmatori fusi dalla Cloud1, che lavorano sulle loro tastiere a sospensione in fila come galline in un pollaio con una flebo di super-droga ancorata alla spina dorsale. Quelli che hanno programmato i sistemi ludici di Shanti, la città santa, per capirci, guru della perversione indotta con cancri al cervello dalla forma di grappoli di vulve fosforescenti.

I bastardi vogliono scavare a caldo, con un dilatatore

pneumatico, un'apertura, una *quasi-bocca* nel bel viso di Abygael, farla grande abbastanza da poterci ficcare i loro cinque uccelli tutti insieme. Sarà uno spasso, e piacerà anche a lei poter finalmente gridare e gustare il sapore pungente di maschio da prima linea. I coglioni dell'altra squadra non ci avranno certo pensato. Per la sorella, invece, la principessa della cellulite, hanno pensato a qualcosa di diverso. Farcirla di esplosivo e lanciarla dal loro elicottero sulla Zona1. Una bomba davvero 'intelligente', stavolta, viva, che gli farà conservare a lungo la testa della classifica della Milizia di Quarantena, visto che insieme ai cervelli esplosi si contano anche i bonus di distruzioni creative. Mille punti almeno, per la balena volante e deflagrante. Ma Siegel non condivide l'idea degli altri, continua a suggerire di tritare la grassona e farne gelatina da imbottimento per la loro tuta mimetica. Meglio del grasso delle bastarde foche che si godono l'inverno senza problemi. Fa un cazzo di freddo, a Moosonee.

Zona 4 – Squadra Omega
Baracca Rv11
Abitazione di Jackson e Mona Napoleone

I figli di puttana in mimetica irrompono nella baracca come un branco di elefanti, dividendosi subito in due gruppi. Gli alloggi sembrano vuoti, morti. Silenzio, uno scricchiolio là in alto, e poi il rullo degli anfibi dei mercenari che si muovono veloci in direzioni diverse.

«State in guardia, sanno nascondersi come ratti da sabbia… abbiamo una sola testa da prendere qui, muovete il culo e facciamo in fretta. Dopo una notte così bisogna scaldarsi le budella con un pack di spumante indiano molecolare. Già, *roba clandestina*, *pivelli…* ma lo dividerò con voi, se non mi farete seccare la gola ancora a lungo; si respira merda acida qua dentro, *ma che cazzo*», sussurra il sergente Dawson, prima di mettersi un fazzoletto davanti alla bocca.

«Libero», tuona il bastardo barbuto là in fondo, abbassando il suo bullpup pronto ad abbaiare e disarmando l'adrenalina. «Libero», ripete il gigante nero, McKee, scendendo dalle scale del primo piano con uno stecchino in bocca che sposta da un bordo all'altro di quella bocca fornita di denti troppo bianchi.

«Qua non c'è un'anima, capo», lo informa infine Ruiz, il messicano senza sombrero, con la sua viscida collana di clitoridi, azzannati uno con l'altro da chiodi di meranio, che gli trasuda sulla maglietta verde bottiglia. Un gioiello di carne ancora troppo fresco da indossare, ma si capisce, ha appena vendemmiato, e la notte è stata particolarmente generosa.

«*Ruiz, te l'ho detto che fai veramente schifo, con quei souvenir del cazzo?*», gli risponde il sergente Dawson facendogli cenno di allontanarsi, in fretta. «Già puzzi come una carcassa, cane ispanico, ci mancava quella roba al collo…. *Ma come si fa ad arruolare questi peones?* Aspettaci fuori e datti una ripulita.»

Il messicano con la faccia da chihuahua troppo cresciuto, e gli occhi minuscoli attaccati al naso, bofonchia qualcosa nella sua lingua, prima di uscire dalla baracca. *Vieja cabra…*

Un bip, poi un secondo e una scarica sempre più veloce che non si arresta più. Dawson, con le palle gelate, alza gli occhi verso il soffitto marcio, ingobbito dall'umidità, e centra con lo sguardo affamato una scatoletta nera attaccata con dell'adesivo. Sembra uno dei repeater del sistema ludico, inoffensivo come un finocchio armato di un vibratore a due teste, ma quel dispositivo là sopra si è animato con una corona di led rossi che stanno per chiudere velocemente il cerchio.

«*Ma che cazz…*»

VRUUUUUUUUMMMMMMMMMM!

La testa del sergente Dawson parte come un razzo, mentre il corpo, la rampa di lancio, si squaglia di colpo sotto il fiato delle lingue di fosforo che hanno rosolato l'ambiente in pochi centesimi di secondo. McKee, sbattuto contro una parete, sotto un vecchio acquerello di traverso, intatto, che incornicia una natura morta di sassi di Uxor 77, abbassa gli occhi sul petto nero, decorato da un rosone di frecce di plektek, frammenti del refrigeratore della cucina sparati via da un immaginario lanciatore di coltelli da circo. Non ha più le gambe, e l'uccello scuro è l'unica cosa lunga che gli resta sotto l'addome, che spande la cena mezza digerita sul pavimento. Del soldato barbuto è rimasto ancora meno. Sembra una cucchiaiata di cibo per cani servita in flambé, con contorno di granatina di denti. Quelli si salvano sempre.

Ruiz, appena fuori dalla baracca, dopo aver fatto qualche capriola, spinto dal calcio in culo dell'esplosione, si rialza in piedi e bestemmia davanti al rogo che gli scotta subito naso e orecchie, e cerca di schivare le vampate che gli si allungano verso il muso gettandosi di nuovo a terra. Sente il coro delle grida dei compagni abbrustoliti all'interno, quelli che ancora hanno una testa e una gola su cui poter fare affidamento, almeno per il momento. Sente anche di essersi pisciato addosso, e si domanda perché la sua cazzo di urina sia così fredda. Si guarda, preoccupato, e si rende conto che la sua mimetica è svanita e la pelle ha fatto la stessa fine, lasciandolo nudo di carne e nervi fumanti. Ora potrebbe davvero essere scambiato per un cane messicano da merenda, gli manca solo di essere catturato e trapassato, dalla bocca a culo, senza soluzione di continuità, da un girarrosto di fortuna, là nel folle giardino delle delizie di mostri delle Zone 1 e 2, per saziare le gengive indurite degli affamati, gli zombie-barboni apocalittici che ha preso di mira fino a ieri, col sistema tattico di puntamento da videogame del suo luccicante fucile d'assalto Metal Storm multi-canna da 50.000 proiettili al secondo.

Prima di crepare, Ruiz scorge nel fumo una figura evanescente, che si avvicina sempre più. *Forse è il fantasma del Sergente Dawson*, pensa il messicano, *e sta venendo qui per farmi un'altra ramanzina… oppure è un diverso figlio di puttana, quello che viene per portarti dall'altra parte, che ti sfila gli stivali e ti trascina via, per le gambe, verso il grande pozzo nero.*

Ma quando il fumo si dissolve, e la luce della luna incanta la figura col suo fanale d'emergenza, l'uomo osserva a bocca aperta una donna con la maglietta tirata su fino al collo che scuote le tette per provocarlo, e che gli grida qualcosa nella sua lingua.

Oceanne, la dolce metà di Zack Rompighiaccio, celebre per le sue bombe di carne, quelle che sta mostrando al bastardo, con i capezzoli cerchiati da disegni di guerra concentrici, e quelle al fosforo, artigianali, che plasma in garage, si avvicina al messicano con un machete. *La collana di clitoridi*, capisce Ruiz, ce l'ha ancora al collo, come una condanna. L'ultima cosa che percepiscono i sensi cotti del bastardo sono due sfere morbide in bocca, hanno il gusto di polpette di pesce dolciastre. *Non possono essere i suoi testicoli*, dice a se stesso, *se ne sarebbe accorto se la donna glieli avesse staccati.* Ma in fondo, non sente nemmeno più freddo o caldo, e la pelle non brucia più. La morte, quando arriva, ti toglie le scarpe e il dolore. E poi ti mangia il cervello per spegnerlo. *La morte non fa male.* Così gli raccontava nonna Agnes, quando era piccolo.

Poi la corrente si spegne e vede correre a destra e sinistra, vicini alla sua faccia da chihuahua, le pareti viscide, rapide, urlanti e piastrellate di occhi cuciti, del pozzo nero che lo sta inghiottendo.

***

Zack Rompighiaccio spinge il pick-up in direzione sud, verso la variante Milner, seguendo il vecchio itinerario dei commercianti di spumante indiano clandestino, sperando di non incontrare posti di blocco della Milizia di Quarantena e lasciandosi alle spalle la lingua piatta della Baia di James. Le gobbe della vecchia strada, ancora prive dei binari magnetici e dei check-point automatizzati, fanno rimbalzare i corpi dei passeggeri: Jackson, Mona e la piccola Grace. Se riusciranno a raggiungere il porto franco di Sept-Iles, nel budello del Golfo di San Lorenzo, e imbarcarsi su un peschereccio k9, saranno salvi. Ma la strada è lunga, e il pilota, che continua a succhiare alcol da una cannuccia, tenendo stretta tra le gambe una latta di tequila sintetica no-brand, sempre più ubriaco e confuso.

Il ComDoor di Zack lancia un bip, l'uomo allunga la mano e legge il messaggio che lampeggia sul visore,

«Buone notizie, gente, o cattive... *dipende*. Forse cattive, direi. Mi ha scritto Oceanne. *Che casino!*»

«Parla, che aspetti... e togli quella cannuccia dalla bocca che non si capisce nulla. Allora?», replica Jackson drizzandosi sulla schiena, mentre Mona apre gli occhi.

«La caccia è iniziata da un'ora, proprio come aveva previsto quel rottame di Logan, altro che tossico spara-cazzate... *chapeau*, vi ha salvato la pelle, lo sapete? La mia ragazza ha sistemato i bastardi che sono venuti a casa vostra, un servizietto al fosforo immagino, ma dice che stanno facendo una carneficina... non solo di bambini; la Zona 4 è a ferro e fuoco, scrive così, e sono intervenute anche le truppe speciali governative, altra roba rispetto a quei coglioni della Milizia... è proprio un gran casino, insomma. *Cristo*, le avevo detto di venire con noi.»

«*Ehi, guarda dove vai Zack!*», grida Mona un secondo prima che il pick-up urti col fanale sinistro il guard rail di torrex rigido a squame di pesce, facendo scodinzolare la vettura per qualche decina di metri.

«Tranquilla, tutto sotto controllo. *Quest'affare ha la trasmissione fottuta*, ma se la cava ancora bene, vedrete, non è ancora pronto per la pensione», risponde lui affannato, con le cosce allagate di tequila no-brand che gli frizza sulla patta dei pantaloni. «*Palle al fresco!*», aggiunge, prima di incrociare lo sguardo severo di Jackson.

«Teniamo gli occhi aperti, saranno pure dei coglioni quelli della Milizia, ma avranno pensato a circoscrivere la zona con delle pattuglie di controllo. *Cristo, se penso a Quentin, Jacques, Mary, le loro famiglie e tutti gli altri che se la stanno vedendo con quei bastardi...* chiedi a Oceanne di aggiornarci sulla situazione. *Cazzo!*», sputa fuori Jackson controllando a fatica la rabbia, mentre stritola tra le mani un giocattolo di Grace: un buffo rospo di gommalina dai capelli rosso Ferrari... proprio come lei, e come molti dei figli della Peste Bianca, gli *immortali* marchiati dalla macchina del tempo della Scheggia 7 che stanno facendo a pezzi, testa dopo testa, in quel posto di merda che chiamavano casa, fino a qualche anno fa.

Il pick-up viene ingoiato dalla notte dello stomaco freddo dell'Ontario2, non è altro che un puntino giallo che appare e scompare tra le pieghe della terra bruna che esala una foschia azzurra, densa, spazzata a tratti dalle raffiche del Blizzard. I sali e scendi della tundra e gli scheletri gelati di vecchi centri abitati e magazzini, dove ronzano mosconi grossi come palle da tennis e fantasmi con la pelliccia. Poi il niente per chilometri, fino a un rettangolo intermittente dieci metri per cinque, un display elettorale 1.0 di cinque anni fa che srotola il faccione di plastica di Josh Merx, candidato presidente del Partito Unitario, chiudendo il loop di quindici secondi con uno zoom rotante su un gruppo di tette e culi, una miscellanea di carne di femmina, un Bagno Turco di Ingres rivisitato con odalische maggiorate che inneggiano al leader sollevando cartelli luminosi: VOTA MERX. SCOPA LIBERO. MERX PRESIDENTE. L'uomo era diventato popolare per la delibera K56 che aveva riaperto i bordelli del Grande Canada, durante il periodo oscurantista della presidenza Koeman e dei suoi fanatici proseliti del proibizionismo neocattolico, una sorta di Ku-Klux-Klan ammantato di reliquie fosforescenti di Giovanna d'Arco che appendeva agli alberi, come macabre decorazioni di Natale scuoiate a freddo, chi faceva uso di sistemi contraccettivi o lo prendeva in culo da un esemplare dello stesso sesso.

Il faccione di Merx, il puttaniere in Cinemascope, illumina il tratto di strada fin giù alla curva, accendendo la sagoma di una Lomex blu a due posti schiantata contro il bacino morbido della collina, col muso accartocciato e il cofano che fuma come se stesse cuocendo una grigliata mista. Non è un rottame fantasma quello, è roba fresca, di oggi, di qualche ora. Qualcuno, distratto dalle tette fosforescenti e dai mandala di cosce del cartellone pubblicitario, è andato dritto e si è schiantato senza nemmeno frenare. Mentre il pick-up di Zack si avvicina, tutto intorno alla Lomex blu, e alla pozzanghera scintillante dei frammenti dei cristalli esplosi, la luce intermittente del mega-display rivela altri cadaveri di automobili col grugno pestato, vecchie carcasse ormai ricoperte dalla saliva del tempo che le fa sembrare tutte uguali, dello stesso colore del nulla, appena animato da un punto di ruggine. Si sono schiantati in parecchi, prima di quella curva.

«*Guarda che roba.... non ci si crede.* Ma chi cazzo può pensare di installare un display da pubblicità elettorale in un posto come questo. Non ci passa nessuno qui, se lo sono dimenticato acceso per tutto questo tempo. Che storia», commenta Zack sogghignando.

«Anche i contrabbandieri votano, che credi. E sono in parecchi da queste parti, a quanto pare», replica Jackson portando la mano sulla Glock S4. «Rallenta e tieni gli occhi aperti, quel coglione che ha tirato dritto con la Lomex dev'essere da qualche parte, qua fuori, se non è schiattato sul colpo. Ci avrà visto, potrebbe avvisare qualcuno, non possiamo rischiare.»

«E allora? Mica vorrai farlo fuori. Un professore occhialuto come te che prova a fare il pistolero.... al massimo potresti tirargli un libro. Scusami eh, ma non ti ci vedo proprio Jackson. Non fare il paranoico e muoviamoci da qui, quello sarà morto ormai, per aver sfondato il parabrezza col capoccione o per il freddo. Le possibilità sono due. Fuori segna -18°, guarda.»

«Zack ha ragione, metti giù quella pistola. C'è Grace qui, non dimenticarlo», aggiunge Mona poggiando una mano sulla spalla di Jackson.

L'uomo si volta verso il sedile posteriore, inquadrando il viso della moglie incorniciato dai lunghi capelli neri e il tatuaggio olografico a barre rosse che le pulsa sul collo, accendendole una guancia. Un regalo delle Milizie di Quarantena: hanno schedato tutti, nella Zona 3 e 4. Mona sembra una Madonna apocalittica, col corpicino smunto di Grace sul grembo che sta continuando a volare giù nel Pozzo Nero da ore, aspettando il sole nuovo per riaprire gli occhi.

Poi, improvvisamente, un *Cristo santo!* di Zack e una secca frenata fanno ribaltare tutto, e volare via la Glock dalle mani incerte di Jackson. Mona riesce a tenersi con le braccia tese sullo schienale della doppia poltrona anteriore del pick-up. La donna non perde tempo, raccoglie subito la pistola e, dimenticando ciò che ha detto pochi secondi prima, toglie la sicura e stringe forte a sé la figlia. Potere dell'istinto di sopravvivenza, molto acuto tra tutti gli abitanti di Moosonee, e degli ormoni di istinto materno, in lei ancora possenti e dotati di un fegato supplementare. Quella è una donna a trazione integrale.

«*Zack, porca puttana, che è success...*», tenta di articolare Jackson a denti stretti, riportando gli occhi sulla strada, prima di capire tutto in meno di un secondo.

Una figura si staglia in mezzo alla corsia, con le braccia aperte come un portiere di calcio pronto a respingere un rigore. I fanali del pick-up, che riprende a muoversi lentamente, rivelano sempre più sezioni verticali dello sconosciuto, avvicinandosi e risalendo il corpo dell'uomo che sta tentando di fermarli. Già, è proprio un uomo, senza dubbi, perché appena sopra i pantaloni schiariti dalle luci si mostra presto una particolare cintura, con la borchia decorata da un profilo del Generale Custer, poi dagli strati scuri della notte che celano il resto del corpo saltano uno dopo l'altro, e dal guscio di foschia emerge il busto di quel fantasma troppo vivo, coperto da una maglietta con sopra stampato un Jimi Hendrix in psichedelico assolo, la faccia scavata dal freddo e infine la testa ricoperta di ciuffi bianchi disordinati, con un'aureola di zanzare intorno che la stringe d'assedio.

«*Logan! Ma che ci fa qui?*», sussulta Zack bloccando definitivamente le gomme a pochi metri dall'uomo.

Rabbrividendo, e mostrando un taglio sulla fronte che sanguina abbondantemente, lui si avvicina al finestrino del passeggero, per poi bussare sul cristallo facendo sussultare uno stupito Jackson.

«Temo che dovrò venire con voi, almeno fino al porto; ho avuto un piccolo incidente, e la Lomex è andata», sussurra Logan come se alle sue spalle qualcuno, o qualcosa, potesse sentirlo. Forse pensa alle puttane del Presidente Merx, che immagina ridere di lui facendo traballare i seni e tutte le altre protesi di silicone extra-large. Jackson non riesce a sentire le sue parole, non ha ancora deciso di abbassare il finestrino. Congelato dalla sorpresa, ha l'indice immobile sul pulsante di apertura, e la bocca aperta. Zack invece ha ripreso a succhiare tequila dalla sua cannuccia per riprendersi dallo spavento, e continua a ripetere. «*Logan! Ma che ci fa qui?*», battendo con le dita libere un ritmo rap sui suoi jeans. Tensione a mille.

È Mona a rompere il ghiaccio e trainare la situazione fuori dal fango. Come accade spesso. Allungandosi in avanti prende a tambureggiare la canna della Glock sulla coscia del marito.

«Che ti prende? Fallo salire, non vedi che sta morendo di freddo? Tossico o non tossico, ha salvato nostra figlia.»

Logan si accomoda dietro, vicino a Mona e Grace, facendo lavorare su e giù le sospensioni del pick-up. Cinquantadue anni portati male, troppi chili concentrati sullo stomaco, occhi annacquati da reduce del Vietnam, labbra bluastre per i baci della Cloud1, amante pericolosa, mantide acida.

«Andiamo Zack, fai muovere questo rottame, tra poco verranno a cercarci. Noi e tutti gli altri paraculi diretti al porto. Cos'hai di buono là dentro?», chiede poi puntando verso la latta di tequila sintetica, ruotando la lingua. «Mi serve qualcosa di forte, fuori fa un freddo cane... Il Blizzard soffia come una cagna in calore, stanotte.»

Il gruppo riprende la marcia in silenzio. Nessuno si fida di un tipo come Logan, nonostante tutto. Jackson guarda il paesaggio lunare che li circonda con i peli della barba ancora dritti dallo spavento e l'occhio vigile su ogni cosa che sembra muoversi nell'ombra, pronto ad alzare le corna da demone per un agguato, o un semplice elmetto con lo stemma argentato delle Milizie: l'Arcangelo Gabriele in mimetica moderna che mozza con uno sproporzionato spadone la teste a forma di rubini di squame di serpi albine, i mostri, i lebbrosi della Zona 1 e 2. Avrebbero dovuto ritrarlo con uno di quei bazooka che fanno esplodere mille cervelli inquinati al giorno.

Il faccione luminoso del presidente Merx si allontana sempre più, e il pick-up sprofonda di nuovo nel buio. Tutti aspettano di sentire l'odore dell'oceano.

INTERLUDIO
LA CODA NERA SEGMENTO 1

NUOVA FRANCIA
PARIGI
ÉGOUT – CONDOTTO V34

La squadra di égoutiers 4 procede lungo il tunnel sparando i cerchi delle torce sulle volte ricoperte da patina verde fosforescente. Un rozzo graffito dai tratti primitivi di sterco, colorato con gli acquerelli di pack di 'merda verde' esplosi a schizzi, cibo comunale scaduto galleggiante, e sperma arancione a cristalli di roditore post-impatto, interpreta una Olympia di Manet primitiva, una prostituta appena abbozzata, dalle fattezze giganti e le mammelle esagerate, con una fila di ratti in equilibrio sulle sue gambe troppo corte che aspettano il proprio turno per penetrare, tutti interi, nell'Eldorado della vagina.

L'opera, non certo di mano umana, coglie l'occasione offerta dai visitatori e cattura un mazzo di quei raggi artificiali per mostrarsi e ammonire gli incauti esploratori.

CI FOTTEREMO IL MONDO, E ANCHE LE VOSTRE DONNE, sembra ringhiare.

Dall'impatto di Uxor 77, e il suo planetario Chernobyl proteico e radioattivo, i ratti sono diventati grossi come maiali, mutati in predatori da branco che hanno saltato a piè pari almeno quattro livelli nella catena alimentare, e gli addetti alla manutenzione dei 2.300 chilometri della rete fognaria di Parigi sono costretti a calarsi nell'Égout dotati di armamento da corpi d'élite. Un lavoro del cazzo, da berretti verdi, assegnato invece a novellini che devono scontare la loro fase di peluria sulla faccia. Sacrificabili.

Quel mondo sotterraneo è un Vietnam di morsi, sarebbe meglio essere paracadutati in una Zona a primo impatto, nel deserto infame dell'India, o direttamente nel cratere principale della puttana stellare, dove vive quella comunità antropofaga guidata da clitoridee mantidi blu.

Gli égoutiers procedono nell'esplorazione del condotto, è il momento di togliere la sicura ai lancia-granate XM44 e sperare nella buona sorte. Dopo venti metri, emerge dall'oscurità il collettore 18 e, sulla destra, il terminale v4 a frangenti, il punto dove il sistema ha segnalato il guasto. Uno squarcio, un bip intermittente e uno scroscio. Un geyser di merda sta sollevando la putrida lingua nera, leccando le pareti del tunnel; sembra una fontana di una Versailles d'oltretomba, con la sua erezione liquida alpha e i piccoli fiotti che la circondano schizzati dalle bocche eoliche di tritoni con maschera antigas e polmoni marci, intarsiati da nidi di mosche che friggono là dentro, al sicuro, durante la riproduzione seriale.

Gli uomini si avvicinano, osservando a destra e sinistra, vicino ai propri anfibi immersi in venti centimetri di liquame, ombre inquietanti apparire e scomparire sulla volta gocciolante della chiavica, seguendo pazientemente i loro passi e la loro più vivida immaginazione; c'è chi immagina di scorgere sagome di bestie gigantesche, col ventre gonfio riflesso a intermittenza dai rimbalzi della luce delle torce, alzarsi su due zampe per fiutare l'umano odore di proteine nobili, e della paura che si versa densa dai pori della pelle dello squadrone, l'estratto di una biologia raffinata, la chimica dell'intelligenza superiore che teme la vita quanto la morte; quel succo è qualcosa di più attraente del sangue vivo per i pescecani, per i ratti mutati in Fase2 che si proiettano in tre gruppi, innescando una mitragliatrice di zampe che corrono, in quello spezzone di collettore.

Una trappola.

La legione romana dotata della più moderna tecnologia e l'orda barbara con corna sul grezzo elmo, bracciali di budella nemiche su polsi e bicipiti, lame ricurve e martelli, che salta fuori dalla foresta per fare a pezzi avanguardie e retroguardie. Non è molto diverso là sotto, dove i maiali codati dal pelo azzurrognolo, e le loro gravide regine, sono organizzati per la guerriglia.

L'attacco parte con un sibilo squarcia-orecchie che fa da tromba per la cavalleria pesante.

Siluri di pelo, carne, ossa e cartilagini scintillanti di uranio3.

Le volte rosso sangue, i secchi di Pollock e le sedie elettriche di Bacon, schizzi e fiocchi di intestini, un braccio tranciato che viaggia in equilibrio su una schiena animale, diretto verso il nido. Un lancia-

granate che fischia, un raggio di sole tracciante che penetra l'Égout, sperma incandescente che affonda troppo presto in quel Mar Dulce senza curve, prima di arrivare alle uova eretiche, agli occhi rossi che si accendono a gruppi, per poi disperdersi e salire sulle pareti in verticale. Un caleidoscopio di carne che ruota in cerchi concentrici, componendo frattali di organi rossi e viola; un cuore color fango che se ne sta in disparte a covare guerriglieri, in attesa del transito di cibo extra su formazioni a testuggine. Uno stracchino di cervello vomitato che galleggia tra vulve sintetiche fuori uso e cilindri di condensatori brixel fulminati, spinti dalla corrente dentro quelle ostriche di silicone riscaldabili. Le urla sapiens, un dozzinale graffito che interpreta il capolavoro di Munch, su in alto: un essere umano senza capelli, con la pelle d'argilla, figlio di una nuova peste, che si tiene il capo deformato tra le mani, perché sente i ratti entrargli nel cervello e leggergli i pensieri prima di sminuzzarli. Una donna, l'unica égoutier vaginata, trascinata per i capelli verso l'altare magnifico, scavato sul muro a fine corsa del condotto. Due regine dominanti, col ventre brulicante di una decina di combattenti dalla coda ancora corta, scuotono il muso in una apertura rettangolare, una vasca ricavata grattando il mesocemento del pavimento, al termine del binario lineare dove scorrono le acque nere, in attesa di essere pompate e diramate nelle tubazioni superiori. Liquido amniotico e uteri umani sottomarini, la minestra organica che le due governanti della specie del condotto V34 mescolano e scaldano con la loro urina, preparandosi al salto dei loro cuccioli, glabri e ciechi, nella pozzanghera dell'evoluzione superiore. Troveranno il modo, prima o poi, capiranno come funzionano l'uomo e la donna. Tentativi, graffiti, frullati di ovaie e incerti battesimi. Una vecchia icona di legno di San Giovanni Battista, dalla barba squagliata dagli acidi, fa da trampolino del nido. Ratatouille di organi riproduttivi femminili, là sotto, nella fossa sacra in cottura, strappati alla strada, al mondo di sopra. Il busto della donna, senza più testa, braccia e gambe, affianca altre carcasse umane nella nicchia dell'altare, fornaci di carne, bacini hangar in miniatura in grado di forgiare, progettare il nuovo metallo, la nuova elica di DNA del ratto omega.

Tentativi, graffiti, frullati di ovaie, piscine sacre, incerti battesimi, monolocali di carne fertile da allevamento.

La passerella verso l'Eden dell'intelligenza, il tunnel del condotto, il cannocchiale di un visionario, gli smeraldi portati dalle stelle, il Mandala di bacini umani, di incomprese reliquie, il cerchio del

Samsara che tira le squame da serpente, ingoiando una coda sempre più lunga e ricoprendosi di pelo nero, con le macchie azzurre da ghepardo marziano.

3
DAVANTI ALL'OCEANO

GRANDE CANADA
PORTO DI SEPT-ILES

Alba. Grace è di nuovo viva, il Samsara riparte come un timer, un cerchio azzurro che lentamente si scarica, spingendosi verso le tacche rosse, il fondo, il pozzo nero, ancora.

Sulle banchine del porto ancora fumanti per l'escursione termica i disgraziati delle 06:00 iniziano a disporre i loro banchetti di morblix e riempire il cassetto estraibile degli attrezzi da taglio. Cesori e scannatori Metzelder, bisturi termoionici, ganci e cannucce telescopiche per degustazione rapida. Li chiamano 'vitruviani', vendono i loro organi en plein air, tranci freschi di se stessi, per guadagnare un mazzo di nuove albe, seppure zoppicanti. Accendono i loro display di vecchia generazione, animando i monitor con un software di mappatura del corpo umano; la prima schermata mostra un vitruviano leonardesco in versione psichedelica, che ruota su se stesso, allargando e chiudendo le quattro gambe e braccia come un mulino di carne spinto dall'etere elettronico, o una forbice vivente, sezionato da zone azzurre pulsanti, cliccabili e acquistabili, e rosse, quelle non in vendita.

Muscoli, cartilagini, porzioni di fegato, ciliegie di polmone, pancetta di glutei a polpette di sovracosce da rosolare sulla fiamma di una bombola a ossigeno portatile dotata di ugelli particolati, in grado di friggere all'istante piccoli appetizer alla moda cannibalica, come dita fritte. I più creativi, grazie ad aspiratori di grasso e tessuti a selezione di strato, che non ti ammazzano se sai come usarli, stanno mettendo in mostra, in offerta speciale, dei vasetti da mezzo chilo contenenti un blocco proteico semi-solido, un cubo sformato immerso in un liquido color ambra, una sorta di foie gras post-uxoriano, punteggiato dal vaiolo nero, giallo e arancione di grani e polveri di spezie sintetiche, di pepi e pistilli di zafferano atomizzati, di sabbia di curcuma; scarti dei magazzini di zona dell'Ente Spaziale

Nazionale CEVA, piazzato su un ginocchio di roccia a dieci chilometri dalla cittadina, evacuato e depredato in tutta fretta, anni fa.

Un vitruviano medio può sopravvivere fino a realizzare dieci vasetti di quel tipo, mentre quelli di stazza superiore alla media possono tirare la corda fino a quindici. Dipende tutto dalle quantità di grasso e dalla polpa di superficie degli organi interni del corpo, che possono ridursi e rimpicciolire fino al punto zero. Superato quello, si rischia di schiattare ed essere venduti a pezzo unico da parenti stretti e amici, oppure direttamente al mercato del pesce, in rondelle e quadratini come fortificante per le insalate di mare.

Alle 07:00 i pescherecci k9 abbandonano il porto schiumando la loro coda bianca nell'oceano, che ribolle di pesce cotto e marcio. Prendono velocemente il largo, vicino alla costa si è formata una barriera mortifera di teste, code, pinne, mandala di squame, meduse stanziali con occhi bovini, lische fosforescenti e aborti ittici mai visti prima, incapaci di nuotare e respirare, col cervello senza ossigeno in decomposizione, sorvegliata dai ratti mutati che silurano la zona dai loro nidi galleggianti. Superata la trincea, i pescatori lanciano in profondità le loro reti dinamiche elettrificate, e le trascinano per tutta la mattinata, prima di rientrare a mezzogiorno, quando la temperatura dell'acqua sale abbastanza da svegliare le megattere impazzite ancora vive, che si schiantano contro ogni cosa dotata di motore che riescono a individuare. Cercano le eliche, le chiglie affilate; è un suicidio di massa. Le larve di parassiti alieni che hanno piantate nel cervello, che vibrano a 19°, scuotendo i primitivi aculei, spruzzando acido solforico nei pinerofori dei neuroni, non offrono altra scelta a quelle grosse bestie, che ai celebri canti hanno sostituito lamenti disperati, come se avessero installato nel nucleo dei sensi un sistema ludico a tenuta stagna che ripete all'infinito il Lacrimosa del Requiem di Mozart.

Già, la Scheggia 7 ha sputato una dose di veleno anche qui, in questa pozzanghera fredda dell'Oceano Atlantico infiltrata nell'utero contaminato del Golfo di San Lorenzo. E se guardi il cielo, basso come quello di una cripta trasparente, una volta striato dalle giganti U delle oche delle nevi in migrazione, la situazione è la stessa. Piove la morte, anche quando il cielo è sereno. Piovono creature fottute, polli arrosto radioattivi lanciati in bocca alla popolazione da un eretico Piano Marshall, che ha sostituito tonnellate di grano con grandine di prioni malati, e si formano nuovi stormi di specie ibride, lassù, gabbiani col becco ritorto come avvoltoi che luccicano d'uranio, che succhiano petrolio come fosse gazzosa.

«*Sveglia gente, godetevi la vista.* Si fa per dire, eh», esclama Zack inchiodando le gomme del pick-up davanti all'edificio squadrato della sede locale della Rogers Communications, un tempo una delle più grandi compagnie di telecomunicazioni, oggi specializzata in Extreme Snuff Services (ESS). La sua flotta di droni dotati di occhi a infrarossi fascianti, per registrazioni in power-resolution di scene a luce rossa real-time, e aspiratori flessibili in grado di risucchiare sostanze e umidi, macabri souvenir da location di stupri e violenze, per i fortunati e depravati abbonati premium, fa concorrenza ai gabbiani cloacali, nelle intersecazioni d'aria di quel coperchio di cielo che schiaccia Sept-Iles come una morsa da banco.

L'appuntamento con gli altri fuggitivi di Moosonee è là davanti.

«*E chi ha dormito...* ho ancora in testa gli strazi della gente rimasta in città, nella nostra bella Auschwitz radioattiva», sussulta Jackson riaprendo gli occhi, come se stesse riprendendo a respirare di colpo dopo una lunga apnea. «Notizie di Oceanne?», aggiunge poi, massaggiandosi la barba e guardandosi intorno.

«*Beh, sì e no...* insomma, è solo roba tra noi, non credo ti interesserebbe vedere uno zoom magnitudo delle sue tette. Scusami professore, ma noi siamo fatti così, la lontananza ci uccide», replica Zack con un sorriso da satiro innamorato. *Che femmina!*

«Siete proprio una coppia di matti... spero solo che la tua amazzone al fosforo ci raggiunga presto, insieme a tutti gli altri; stanotte dobbiamo imbarcarci; i supervisori della Milizia staranno già scannerizzando e contando le teste. Si incazzeranno di brutto, molto presto», risponde Jackson fatalista come sempre, abbassando gli occhi e ricordando di dover essere triste. Grace e Mona sono vive, per ora. Bene, benissimo anzi; ma tutti gli altri? Oceanne aveva scritto di un casino in corso, di un vero e proprio mattatoio nelle Zone 3 e 4. Nessuno ci credeva davvero, alla caccia alle teste.

Le Milizie di Quarantena sono formate da veri bastardi, chiaro, ma arrivare a quel punto... sono le solite leggende metropolitane che corrono tra i recinti di questo posto già assurdo di suo, e qualche tossico indovino ci mette il carico da undici con storie del cazzo. Solo per il gusto di spaventare a morte la gente. La pensavano in questo modo quelli rimasti in città, ora insaccati da sadici cherubini con l'elmetto a visore notturno dentro lucide confezioni di plastica nere, a lunghezza d'uomo. Ci sarà la fila all'obitorio, e le teste mozzate dei figli della Peste Bianca staranno rotolando sui rulli di scannerizzazione come ciliegie giganti. Primizie da mettere sotto spirito. «Calma Jackson, ti verrà un infarto prima o poi. Qui quell'esercito di segaioli non può mettere bocca. *Porto Franco,* adoro questa cazzo di parola...», aggiunge Logan stiracchiandosi. «Basta non dare troppo nell'occhio, tipo organizzare un rendez-vous in una zona del cazzo come questa, allo scoperto, con le videocamere che ti contano anche i peli sulle chiappe. Di chi è stata questa bella idea, scommetto tua, vero Zack?»

«*Rendez che?* Ora parli anche francese, Logan? Oh già, abbiamo tutti intellettuali a bordo. *Ti conosco, trippone*, fatti un goccio che ti passa subito la voglia di fare il polemico... Vedrai che andrà tutto liscio, qui alle forze di sicurezza interessano solo i 500 crediti a cranio che abbiamo già scucito, *la tassa per l'oceano...*. i tagliatori di teste dovranno farsene una ragione. Bestemmieranno con le punte degli anfibi sul confine, sparando raffiche a quei gabbiani di merda», replica Zack acido, guardando negli specchietti del pick-up.

«Che ti dicevo, 07:30 spaccate ed ecco Maddex, Taison e Laszlo, con famiglie a bordo, guardali che belli... e parecchi altri dietro... aspetta, chi cazz... ma *quella è Valeria con le sue ragazze al seguito,* non ci credo.... ma che ci fa qui quella baldracca da prima repubblica? Niente posti a bordo per chi apre le cosce alla Milizia, le molleremo qui, *don't worry.* Verranno a nuoto, se proprio ci tengono. *Comunque, hai visto uccello del malaugurio?*», esclama Zack soddisfatto voltandosi verso Logan, per poi tornare a scrutare nello specchietto la piccola fila di pick-up e vetture sgangherate che si stanno avvicinando, per poi svoltare e fare gruppo nel piazzale della Rogers Communications.

«Puntuali come le cose di Oceanne!», aggiunge Zack sorridendo, allungandosi per scuotere con entusiasmo le gambe di Mona, troppo silenziosa sul divano posteriore.

«Non è ancora finita, almeno finché non ci imbarcheremo. E poi che fine ha fatto Oceanne? Chiamala, che aspetti?», gli risponde secca Mona, mentre i grandi occhi di Grace osservano con curiosità i capelli dritti di quell'omone con lo stomaco pieno di tequila sintetica. La tanica è finita due ore fa, potere della cannuccia telescopica e di un succhiatore professionista come lui.

«Ottimismo a mille, eh? Va bene... guarda qui, ultimo messaggio della mia madame. *Tre ore e sono da te, cow boy.* Allora?», risponde lui pavoneggiandosi.

«*Tre ore?* Hai detto niente, saremo esposti troppo a lungo qui, e io non mi fido proprio delle tue forze di sicurezza. Sono tutti della stessa razza. Oceanne doveva farsi dare un passaggio da un altro peschereccio, e raggiungerci direttamente sull'isola, non era questo il piano?», aggiunge secco Jackson, continuando a guardarsi intorno. Troppa calma, tutto troppo facile.

«Ti pare facile professore... hai ragione, in teoria, ma a quanto pare qui non se la rischia nessuno a trasportare fuggitivi, se non contano almeno sei anime con in bocca 1.000 crediti. Non abbiamo trovato nessuno per trasportarla da sola. *Fanculo.* Possiamo aspettare, in fondo è rimasta in quella merda per far saltare le palle di qualche bastardo, anche quelli venuti a casa tua per portarsi via lo scalpo di Grace. Mi pare ragionevole, no?»

«E quando pensavi di dircelo, eh?», replica Jackson sempre più ansioso.

«Sento puzza di merda, e non è la mia stavolta», aggiunge Logan scendendo dal pick-up e allontanandosi zoppicando verso i moli. «Ci vediamo sull'isola, o quello che è, io me la cavo da solo.»

Uno stormo di gabbiani cloacali di nuova generazione sorvola in cerchio il gruppo umano, sceso dalle vetture per salutarsi e abbracciarsi cinquanta metri più in basso. Hanno il sesto senso quelle bestie, a volte anche il settimo, quello che riconosce la puzza di merda a diversi chilometri di distanza.

Il capitano Lee, con i suoi basettoni a forma di ami da pescecane, osserva la sposa ormeggiata al molo 56, la 'Homeless Doll'. *Sarà anche invecchiata un po',* ma che fianchi, pensa il marinaio. Ormai gli viene duro solo quando è sull'oceano, anche quello di oggi, bollente e dalle budella di petrolio, appestato da cadaveri e sperma di stelle, di abomini e scherzi della natura con pinne caudali al plutonio3 con sopra inciso il Jolly Roger dell'apocalisse: una miniatura di Uxor 77, il sasso definitivo, con mammelle da lupa che pendono, gonfie, sulle bocche di affamati ratti dalla testa antropomorfa. La terraferma non fa più per lui, il capitano non reagirebbe nemmeno se glielo succhiasse una giovane tre-tette egiziana con rossetto all'adrenalina; creature quasi mitiche, quelle, colle potenti del Samsara e decima meraviglia del pianeta alla deriva. *La Madre, la Figlia* e in mezzo *la Santa Terza,* dal capezzolo a forma di stella. Una delle poche mutazioni umane che hanno contribuito al benessere della popolazione dotata di testicoli, anticipata qualche anno fa, in questa speciale classifica, dalla magnifica nona meraviglia: Shanti, la Città Santa, roccaforte del piacere estremo scavata nel deserto di Sonora, nell'infame Repubblica MesoAmericana, il Paradiso Eretico con le sue fontane di sperma e sangue mestruale; le Terme con i giganteschi juke-box del sesso che ribaltano, spostano, smistano e selezionano sequenze di cubi di acqua flessibile tre metri per due, farciti da puttane di ogni tipo su cui andarci pesante, assecondando le pulsioni del visitatore senza nemmeno fargli aprire bocca. Sistemi che ti leggono la mente, con le loro sonde invisibili, più astute di una maîtresse in carne, ossa e autoreggenti. Un posto dove ti infilano nel culo un'asticella immaginaria per misurarti il livello dell'olio dell'onirico sessuale che ti divora, come se fossi una vecchia Ford turbodiesel. Ma questa è un'altra storia.

Il capitano Lee sta aspettando impaziente il gruppo di Moosonee che deve imbarcare, e sfrega con le dita segnate dalle corde il ciondolo di metalluminio con la testa lucida, santa, di Giovanna d'Arco che gli pende tra due tatuaggi stampati sul petto: un cuore e una piccola bara, entrambi blu, il colore dell'oceano di una volta, e anche della perdita e dell'ossessione. Una figlia strangolata sulla terraferma sette anni fa.

Giovanna d'Arco è la protettrice delle puttane, lo sanno tutti, non certo dei marinai… ma è proprio una troia, di quelle di Marsiglia dal coltello facile, rossa di capelli e anche tra le gambe, la madre della sua strozzata ossessione. Giovanna gli porta fortuna, oltre a ricordi spinosi di terraferma, ne è convinto, e oggi ne ha bisogno più che mai. Quel gruppo di fuggitivi potrebbe metterlo nei guai. Ma con tutti i crediti che intascherà per il passaggio al Trash Vortex 147, quello che gli idioti col culo in fiamme che sta aspettando di caricare chiamano 'Isola', potrà sistemare la sua Homeless Doll. Farla scintillare di nuovo, la sua sposa ondeggiante.

«Cazzo, sono in ritardo, vatti a fidare…» brontola Lee. Il molo ancora deve svegliarsi, a parte il mercatino di carne da asporto dei vitruviani e le code bianche dei pescherecci k9 che stanno allontanandosi frullando con le eliche e le turbine ioniche a scarico diretto quell'acqua di riva sulla quale galleggia l'olio di cadaveri e resti, forato a intermittenza dai musi di ratti mattinieri a caccia di marmellata di anime.

«Io vado avanti con Grace, meglio dividerci, daremo nell'occhio con questa processione di pick-up. *Maddex, Taison, Sabine, venite tutti con me, e portate i bambini.* Tu, *bell'uomo,* resta qui ad aspettare Oceanne con Rompighiaccio, Laszlo e Hady, okay? Ci troviamo entro tre ore al peschereccio di quel vecchio pazzo», propone Mona, iniziando ad allontanarsi senza aspettare una risposta, facendo cenno agli altri di seguirla. Jackson stringe i denti e si morde la lingua, l'idea di dividersi dalla famiglia non gli piace, ma Mona ha ragione... e poi lasciare da solo Zack, che ha già aperto il portabagagli per prendere un'altra tanica di tequila, sarebbe come accendere una miccia e aspettare l'inevitabile esplosione. E sputtanare tutto.

Tutti ignorano Valeria e il suo drappello di operatrici ludiche del Bon Bon, il bordello più celebre di Mosoonee, attrezzato in un ex magazzino di fissori vaginali a tenuta stagna, le cinture di castità di seconda generazione che un tempo, prima dei tagli dei budget governativi, facevano parte della dotazione standard delle Milizie di Quarantena di stanza ad almeno 300 chilometri da casa, dalle loro spose.

Le cinque puttane del Bon Bon sputano per terra in segno di disprezzo e risalgono sul loro furgone rosa decorato con lo stemma del locale, un paio di chiappe tempestate di piercing di dilitio, una costellazione erotica avvitata a una galassia morbida come un budino, allontanandosi con una fragorosa retromarcia. Anche loro punteranno verso il molo.

«Ehi, è meglio restare in tre, quando c'è da dividere della tequila», replica Zack sollevando il testone e sorride a bocca aperta, mostrando la dentatura malandata e la lingua cotta dall'alcol.

«Falla finita, meglio che non apri più bocca finché non saremo imbarcati», reagisce Jackson con nervosismo, battendo il palmo della mano sul tettino del pick-up. «E molla quella roba che sei già troppo su di giri... non stiamo facendo una scampagnata, vedi di non metterci nei guai.»

Laszlo, col collo largo come il ceppo di una vecchia quercia, e gli occhi azzurri crepati di venuzze rosse, sventola la mano verso il gruppetto che si allontana, sparendo dalla vista, poi si volta e molla un pugno fraterno sulla spalla di Jackson. «Non preoccuparti, professore. *Guarda qui*», sussurra, sollevando la camicia e mostrando il manico di un coltellaccio che gli spunta dall'elastico delle mutande. Hady il ciccione sta invece zompettando di fianco alle porte a scorrimento dell'ingresso della Rogers Communications, liberando la vescica e sospirando «Ahhhhhhh...»

«Andiamo bene...», commenta Jackson, sbuffando e riprendendo possesso del suo sedile.

Come gli ammortizzatori danzano sotto il suo peso, per poi assestarsi, una raffica di proiettili tradizionali disegna una sorta di codice morse sul parabrezza posteriore. Jackson si incassa nel sedile, e dallo specchietto scorge muoversi velocemente, a una trentina di metri, con movenze militari da agguato, un gruppetto di uomini con addosso la tuta gialla della Security Force di Sept-Iles.

«Porca puttana!», è tutto quello che riesce a esprimere Zack Rompighiaccio, mollando la tanica di tequila, sdraiandosi a terra e voltando la testa a scatti, a destra e sinistra, come un cazzo di insetto, con la faccia stupita di chi si credeva già morto stecchito. Hady il ciccione ha meno fortuna, è rimasto inchiodato dai colpi dei bastardi in giallo alla parete dell'edificio su cui stava pisciando, con l'uccello ancora fuori dai pantaloni che, stranamente, sembra più turgido del dovuto. Eh, la morte fa spesso questi scherzi, qualcuno dice che prima di portarti nel pozzo nero, quella si alza la gonna e ti monta sopra. Una sveltina. *Un ultimo, veloce desiderio?*

Lazlo si guarda la canottiera corrucciato, infila le grosse dita nei fori delle pallottole che l'hanno fregato. Sembra contarli, uno a uno, quei buchi a forma di stelle, poi sfila il coltello dalle mutande, lancia una specie di grido di battaglia, *YAHIIIIIIIHHHH,* e corre verso le postazioni di tiro dello squadrone della security, meritandosi gli ultimi tre colpi, una V sulla fronte. Timbrato per lo psicopompo di turno che gli toglierà gli stivali e lo trascinerà via. Dovrà sudarsela però... Lazlo è un morto da centocinquanta chili.

Zack approfitta della situazione e riesce a balzare nel pick-up, mentre vicino alle orecchie rosse come il fuoco gli ronzano altre raffiche. Ha sempre avuto culo, Rompighiaccio.

Il veicolo con i due a bordo schizza subito via verso il molo, lasciandosi alle spalle il battaglione dei bastardi in giallo, ma quelli dovevano essere preparati, perché una vettura della security gli taglia subito la strada, sputata da una via laterale come un tappo di champagne, e nello stesso momento sui tetti degli edifici spuntano le teste da vespe dei cecchini, insaccati nei loro nidi provvisti di mirini olografici.

«Fottuti...», rantola Rompighiaccio, alzando le braccia e mostrando una coppia di stagni sotto le ascelle.

«Già. Amen», replica Jackson abbassando gli occhi; non prova nemmeno ad allungarsi per prendere la vecchia Glock dal cassetto portaoggetti. Ha le palle illuminate dai marchi celtici dei mirini laser, e tanto basta.

Due unità della Security sgommano all'inseguimento del furgone di Valerie e delle sue puttane. Dakota, nome d'arte TurboSucker, stringe il volante e accelera rombando tra le viuzze del porto, viperate e sottili come la coda di uno spermatozoo. All'altezza dell'imbuto di Rue Romeril, è costretta a inchiodare, appena prima di incastrare le fiancate rosa shocking tra una pescheria con l'insegna a forma di baccalà e la cornice luminescente del bar gay di fronte, col suo capannello variopinto di TGirls alte due metri che fanno sbordare sulla strada, stringendola ancora di più, la loro miscellanea a curve paraboliche di protesi fortificate, insaccate in abiti di pelle trimex alla moda.

«Cazzo! Cazzo! Cazzo!», ringhia Dakota in trappola, mentre i piedipiatti gialli, ormai a cinquanta metri dal paraurti posteriore delle donne, si proiettano sulla discesa per raggiungerle e fregarle. Nessun'altra via di uscita.

Annegret la Tedesca, seduta a fianco dell'amica, apre lo sportello e scende dal van con noncuranza, dando la precedenza alle cosce extra-lunghe che spuntano fuori per prime insieme alle punte di ferro degli stivali neri, per poi concedere ai cittadini di Sept-Iles, e ai visori a distanza dei piedipiatti, una vista piena del suo trucco da fantasma apocalittico. Cerchi bianchi concentrici intorno agli occhi, labbra viola che sorridono aspre animando figure geometriche zebrate verniciate sugli zigomi. Una specie di Grace Jones Bianca dipinta a mano da Keith Haring. Imbraccia un fucile d'assalto a fuoco selettivo HK733, un vero e proprio *spaccaculi* che mentre si attiva, facendo lampeggiare il monolitico carrello, sembra sussurrare *Achtung* con voce metallica.

Valerie e le altre puttane sono sul retro del furgone, attrezzato come un lupanare 2.0 in miniatura. Il portellone resta chiuso, come un bordello senza più posti a sedere nemmeno nella sezione riservata agli ecclesiastici, dal mobilio in stile Re Sole riprodotto in economico morblix rivestito. Per risolvere il problema piedipiatti, bastano e avanzano Dakota e la sua teutonica compare.

«Guarda quanti bei boys», dice Annegret ruotando la lingua in bocca come per assaporare l'aroma in frammenti di un melograno della nuova Scozia, poi solleva il suo arnese da guerra, aggiustando il calcio sulla spalla, e inquadra nel mirino le due unità della security che puntano dritto su di lei: otto uomini armati fino ai denti che spuntano dai finestrini a mezza figura coi loro elmetti e denti finti luccicanti.

Prima scarica. Prima sinfonia Heckler & Koch per quartetto di pistone, otturatore rotante, slitta e grilletto.

Le vetture degli uomini in giallo sbandano in fondo alla strada, formando un fiocco di lamiere, sfiorandosi, poi i cristalli blindati esplodono insieme alla seconda scarica, insieme a grappoli di cervelli, versando su pianali e cruscotti un mojito di ghiaccio, di carne, di adrenalina alla menta e di vari *porca troia* silenziati uno dopo l'altro. L'unità 1 finisce la corsa con la pancia a scappamenti e carburatori verso il cielo, continuando a ruotare per qualche minuto come una trottola sul pezzo di marciapiede di Monsieur Dabot, con la sua allegra vetrina di urne funerarie parlanti in plastidone, mentre l'altra viene inghiottita a metà dalla bocca larga del negozio di bambole biprom, all'angolo con Rue Dessaines, con le due file di tette a cucù che prendono a scattare come impazzite, tambureggiando le lamiere contorte.

Macelleria delle 08:30. Silenzio, poi la voce di una secchiata d'acqua sulle pozzanghere di sangue che consiglia a tutti di riprendere a lavorare e, specialmente, di farsi i cazzi propri.

Funziona bene questo spaccaculi pensa Annegret, proprio come le avevano mostrato alla Fiera di Norimberga trapanando un gruppo di 'quasi-morti' — la malattia dei prioni è una vera piaga — che si erano venduti la pelle come cotenna da test balistico per una transazione da mille crediti, che in un secondo di corsa elettronica ha rimpinguato i magri depositi bancari di mogli e figli. Attrezzatura esclusiva, certo, e in questo caso militare. Ma Valeria non si faceva mancare niente nel suo Bon Bon a Mosoonee, da tutta la serie di rotori Millenax di ultima generazione fino ai più arditi dilatatori e cesori Metzelder. Senza contare le protopelli a sezioni dinamiche, tecnologia da sbarco su Urano, o i clisteri MEC a raggio d'oltranza. Una piccola armeria è il minimo, come dotazione standard, per un bordello che si rispetti, dal gran botto di Uxor in poi.

Il gruppo di Mona viene facilmente circondato dalla SForce nei pressi del Molo 51, ingombrato dalla carcassa di una balena sulla quale saltellano squadroni di zecche grosse come arance. Il capitano Lee osserva la scena col suo binocolo di tartaruga, mordendosi le labbra. Se parlano, farà una brutta fine anche lui.

I fuggitivi sono attesi, serviti alla polizia locale su un piatto d'argento, resi succulenti come grappoli di caviale dalla taglia che la Milizia ha appeso sulle loro teste, dopo la fuga dalle Zone 3 e 4. Non basta certo la semplice notte, o il sentiero dei contrabbandieri di tequila sintetica, sputtanato da tempo, per coprire un piano così vistoso e rumoroso, con file di decine di pick-up e vecchi rottami gommati che forzano i motori a tutto gas accendendo a giorno la tundra spelacchiata. La meta dei migranti, Sept-Iles, è ben nota, qualcuno ha venduto la pelle dei compagni a buon prezzo. Logan il tossico ha sempre fatto il doppio gioco, rifornendo i bassi ranghi della Milizia con le sue caramelle psichedeliche, e nello stesso tempo passando per prezioso e unto informatore dei concittadini. Guarda caso, ora è l'unico dei fuggitivi ad andarsene tranquillamente a spasso per Port Iles senza nessuno alle calcagna, con tanti crediti caricati sulla sua Card da poter noleggiare un'intera flotta di pescherecci, e tentare una traversata da migliaia di leghe marine come un novello Cristoforo Colombo. *La Niña, la Pinta* e la *Santa Saccoccia piena di soldi, dalle vele dorate.*

Mona stringe al petto Grace, che ruota gli occhi verso il cerchio di bastardi in giallo che si fa sempre più stretto intorno a loro. Maddex il cuoco sfodera una mannaia, restando deluso dalle risate degli uomini della SForce, dotati di spaccaculi tecnologici capaci di centrare una formica tra gli occhi. Quel bersaglio, generosamente grasso, è fin troppo facile, perfino a occhi chiusi, e viene farcito subito di pallottole, che riescono a fatica a trapassarlo e sbucargli dalla schiena: rimangono intrappolate nella cortina di denso grasso di prima scelta dell'uomo, una sorta di serie di trippe alla mozzarella di bufala coltivate dopo tanti anni di lavoro in cucina.

Sabine prova a scappare gettandosi in acqua col suo piccolo Greg, uno dei 'bambini speciali' da archiviare nella cassaforte biologica del Colonnello Kirkus, che tiene sottochiave decine di coppie di teste di immortali surgelate nella loro ultima espressione da morte apparente. Tutte a occhi chiusi, qualcuna col sorriso forgiato a freddo, in quella sfera di pallore, da un sogno divertente, preambolo del salto nella seriale oscurità in cui devono necessariamente transitare, molte altre gridanti, a bocca aperta e con la pelle della faccia tirata dai ganci di un'immaginaria gravità dai polmoni infiniti: sono quelli che stavano già precipitando nel pozzo nero a dieci metri al secondo, con nelle orecchie il su e giù dei pistoni di cartilagine delle fauci dei coccodrilli che anima imperituro quel fondo umido, tra scrosci di acqua torbida e grida umane. La fogna che porta dritta all'Inferno.

Non ci vuole grande mira per sgonfiare due boe umane che galleggiano a pochi metri dalla riva, specie quando si può aprire il fuoco dieci alla volta, contemporaneamente. Addio a Sabine, e anche al piccolo Greg, pescato da un baffuto caporale con l'aiuto di un arpione telescopico. La testa del ragazzino viene subito recisa dal collo col grezzo andirivieni di un coltellaccio seghettato. La SForce non è dotata di cesori Metzelder XP, deve arrangiarsi con strumenti molto più dozzinali. *Parigi val bene un corso accelerato di macelleria.* Ma staccare la spina dorsale, per liberare il cranio, in ginocchio sulla banchina di un marcio molo, non è proprio una passeggiata: ci vogliono muscoli, ed è necessario farsi spuntare tra le tasche posteriori della divisa gialla una coda di lucifero, che ci mette niente a scodinzolare come una frusta. Uomini, demoni, e vie di mezzo.

Non ci vuole molto più per lavorarsi gli adulti del gruppo, uno a uno, con una burrasca di colpi, per poi prendersi cura degli 'speciali', nascosti sotto i cadaveri flosci di genitori impallinati come fagiani o mimetizzati tra le calde, viscide spire di provvisori nidi di intestini freschi.

Mona è ancora viva, in piedi, con la piccola Grace stretta tra le braccia; un soldato sghignazzante, con un cancro sul naso e un'escrescenza simile a un disgustoso termitaio, l'ha già inquadrata nel mirino, all'interno del rettangolo rosso che consiglia lampeggiando: *Spara, è il momento.*

La donna, contando mentalmente fino a cinque, il tempo di ricaricamento della barra power dello spaccaculi del bastardo, libera un braccio, lo allunga verso le tasche laterali dei pantaloni, ed estrae il 'portafortuna' di Oceanne. «Ne avrai bisogno», aveva detto la terrorista. Una granata al fosforo da venti carati, piccola, ma da non sottovalutare. Ne sanno qualcosa i brandelli di varie squadre della Milizia di Quarantena che i droni pulitori stanno risucchiando sul campo di battaglia di Moosonee, col loro flessibile di molibdeno da formichiere targato Star Wars.

Il portafortuna vola via dalla mano di Mona, direzione termitaio umano, venti metri.

L'inno della buona sorte, il *VVVVVRRRUUUUUUMMMMM* che segue, sventra gran parte della squadra di figli di puttana col pigiama giallo. Uno di loro, parte della retroguardia da quattro di presidio all'accesso posteriore del molo, ha la testa in fiamme e l'occhio cotto di un compare schizzatogli in bocca come una micro-cometa, strozzandogli sul nascere un *FOTTUTA PUTTANA* appena pensato.

Ma ci sono ancora in piedi tre bastardi, contro un decimato gruppetto di sopravvissuti armati solo di coltelli, accette, bestemmie e una Glock inceppata: Mona e Grace, l'unica speciale con ancora la testa sulle spalle, Taison il Nero, con sulla camicia un arabesco macabro del cervello esploso della moglie, che osserva il corpicino mutilato dell'unico figlio appeso a un lampione pisciare sangue dalle radici molli del collo, Vouvret e June, che cercano disperatamente i loro gemelli, interi o meno, in quella mattanza di polpa umana sulla quale scivolano continuamente, e Ulysse, guercio da un occhio e con l'altro velato di rabbia al quadrato, partito con gli altri per evitare una condanna alla castrazione pubblica per aver stuprato con un lanciafiamme portatile una scienziata del laboratorio di ricerca della Milizia, una grassa troia che aveva condotto macabri esperimenti sulla figlia, Tacia, una delle speciali, per poi calarla in un acquario di acido solforico.

Una macchia rosa shocking, veloce, si ingrandisce sempre più emergendo in controsterzo dalla curva di St. Jacques per immettersi nel rettilineo che porta dritto al Molo 54. I tre bastardi della SForce si voltano sorpresi, la retroguardia che gli copriva le spalle, un groviglio di membra umane attorcigliate sul cemento, fuma come merda di cane, mentre un cazzo di furgone con una vulva olografica sul tettino li sta puntando a tutta velocità.

Il settimo cavalleggeri delle puttane del Bon Bon.

※※※

La vecchia Homeless Doll si allontana dal porto decapitando con la prua affilata qualche cadavere molliccio galleggiante ancora tutto intero. Il Capitano Lee osserva la terraferma e i fuochi delle esplosioni che ancora surriscaldano i palazzi e il ventre delle viuzze, rosse come avessero ingoiato sperma di Etna alla spina. Le luci azzurre delle unità della SForce sopravvissute, che circolano per il centro come moschini ubriachi, affiancate dai veicoli tozzi dei pompieri e dall'immancabile squadrone di becchini di Monsieur Dabot, completano la tela apocalittica di Sept-Îles con pennellate lisergiche e strati densi di oltremare della follia.

A bordo il gruppo di fuggitivi osserva la scena dissolversi

lentamente, arretrare come uno tsunami di terraferma, e una raggiera di ombre di ratti emergere e circondare la costa come siluri neri in miniatura, pronti al bombardamento di denti, all'assalto dei cadaveri freschi esposti sul molo, tra le biglie delle teste mozzate degli speciali.

Mona, col vento tra i capelli neri e i pensieri che vorticano come un mandala d'aria intorno al viso immaginario di Jackson, stringe Grace tra le braccia, che solleva i suoi grandi occhi verso il sole a mezz'asta, il suo polmone artificiale temporizzato. Ancora qualche ora di vita.

Taison il Nero si sfila via con rabbia la camicia maculata dal cervello della moglie e la getta in mare. Una sagoma scura pinnata schiuma subito dietro l'indumento sospinto dalle onde per azzannarlo con furia. L'odore umano è irresistibile per le nuove bestie dell'oceano.

June trattiene disperatamente, con entrambe le braccia, le gambe di Vouvret, attaccate alla sua mezza figura ormai sospesa oltre la ringhiera. L'uomo vuole lasciarsi andare, giù in quel brodo di morte e di branchi affamati, per seguire la sorte della camicia di Taison, affondata in meno di un secondo. Una morte veloce, una stretta di mandibole potenti sul torace e via... costole e cuore schiacciato, oblio immediato di quello scempio al quale ha dovuto assistere. Magari la sua miseria lo muterà in un predatore, una volta in acqua, forse in un pesce gatto dai baffi elettrici e gli intestini rivestiti di plutonio, ma June non mollerà, non lo lascerà andare.

Ulysse il guercio schiaccia tra le mani una sacca di merda verde semivuota, lasciando colare le ultime gocce nel gargarozzo troppo secco. Ci vogliono proteine sintetiche, grammi di forza in più, per poter imbracciare di nuovo un lanciafiamme e usarlo nel modo giusto. Non mancherà l'occasione, c'è una pandemia di bastardi, spuntano dappertutto.

Valeria, la Maîtresse dai seni grossi come le teste dei bambini mozzate giù al molo, è giù nella stiva insieme a Blanca, che lavora tra le sue cosce con la lingua biforcuta. Una mutazione che ha aumentato il fatturato del bordello del 50%.

Dakota e Annegret sono a poppa, coi loro bikini dorati; la Tedesca inganna il tempo dando voce al suo fucile d'assalto per tirare giù qualche esemplare dello stormo di gabbiani cloacali che insegue l'imbarcazione, mentre l'altra si sta decorando le unghie dei piedi con della servo-tinta rossa, bestemmiando per i salti improvvisi della Homeless Doll sulla schiena di onde rompicoglioni.

Rae invece dorme tranquilla sul ponte, col suo corpo color ebano, sodo e muscoloso, e un machete che fa da pista d'atterraggio, luminosa e luccicante, tra i suoi capezzoli caffellatte. Annapurna, la figlia di un anno, carponi, sta versando dell'acqua nell'ombelico della madre. Sono scappate per lei le troie di Valeria, anche se la bambina non è marchiata dalla Peste Bianca, e di speciale ha solo gli occhi verdi come l'oceano di una volta. Ma la Milizia di Quarantena, che non è mai andata troppo per il sottile, ha mozzato molte più giovani teste del dovuto a Moosonee, per non rischiare di lasciarsi dietro qualche piccolo mostro, certo, ma anche per semplice sadismo. Sono parecchio incazzati, quei bastardi, distaccati per anni nelle Zone zombie deturpate dalla Scheggia 7. Il Vietnam della lebbra apocalittica.

Le puttane del Bon Bon, con la bambina al seguito, sgusciate fuori dal retro del furgone dopo l'ultima sinfonia calibro 5,56 di Annegret, ormai fanno parte del gruppo a pieno diritto. Sono delle cazzo di eroine adesso, le hanno accettate tutti. A parte il Capitano Lee, forse. Quella merce profumata gli ricorda gli odori e i sapori di terraferma, di miele e di acido cloridrico, il passato bicefalo che lo rincorre, ma che in mare aperto, quando le coste svaniscono d'incanto, di solito fa fatica a entrargli in testa. E comunque, le donne a bordo non sono mai magneti di buona fortuna.

Jackson e Zack Rompighiaccio, nelle mani della SForce, hanno i polsi bloccati e gli occhi pesti, sembrano troie truccate a festa da papponi troppo maneschi. Li aspetta la Fortezza, il nuovo Guantánamo.

Nessuna notizia di Oceanne e delle sue bombe. *Tre ore* aveva detto. Fosse arrivata, si sarebbe fatta sentire.

Una voce cattura per un momento l'attenzione dei sopravvissuti, animando quei fantasmi da crociera che ballano il tango con la Morte, che si mostra bella e affascinante, con cosce lunghe, pietre intorno al collo che hanno risucchiato il midollo luminoso dell'ultima luna, e insetti che sbucano dalle orecchie per aprire le ali, spiccare il volo e piantare in giro pungiglioni eterni. Una risorsa, a quel punto. *Morfina infinita.*

«C'è qualcosa da bere su questo catorcio?», borbotta Logan spuntando fuori all'improvviso, mentre trasloca l'anima marcia sul ponte, leggera come una farfalla. «*Capitano Nemo...*», aggiunge poi, ghignando verso il vecchio marinaio che spinge le leve per far correre al massimo la sua Homeless Doll, «il biglietto ci è costato caro, roba da prima classe... quindi tira fuori il tuo cazzo di rum, o qualsiasi cosa bruci le budella.»

Lee ignora il figlio di puttana, ha altro da fare adesso. Il peschereccio rimbalza sulle onde, la rotta è segnata: Trash Vortex 147, un posto che non è nemmeno sulle mappe. Una delle tante isole di plastica che tempestano mari e oceani come puzzolenti tumori. Accumuli di rifiuti galleggianti, aggregati di vita morta in fermentazione, di scarti innaffiati dalla pioggia radioattiva, spinti dai motori delle correnti e dagli scappamenti di miasmi tossici. Sono mossi dal cherosene di decomposizione, che fa stantuffare i pistoni di nuovi batteri rigurgitanti metano, magnesio, potassio. Brulicano di larve e vita saprofaga, di ganasce grandi e piccole che stringono e mollano. Sono i Giardini di Uxor, sempre più senzienti, piccoli zoo di nuove forme di vita sempre meno elementari, pronti ad aggregarsi come apocalittiche placche contaminate, coi loro fuochi fatui come fari, per sostituire i vecchi, logori continenti.

Il capitano imbraccia il suo cannocchiale di tartaruga e osserva il braccio di mare che lo aspetta. Una carcassa di una megattera, laggiù, decorata dai graffi di nuovi predatori, sembra una piscina di carne in mezzo a tutta quella cazzo di acqua.

4
L'ISOLA

TRASH VORTEX 147

Passato lo Stretto di Caboto, la Homeless Doll si proietta nella bocca dell'Oceano Atlantico, per poi memorizzare la nuova rotta che il Capitano Lee sta immettendo nel sistema. Il peschereccio vira sulla sinistra seguendo un invisibile binario sommerso per risalire verso la stella a cinque punte della Penisola di Avalon, a sud di Terranova. L'ultimo avvistamento del Trash Vortex 147 ha fissato la meta del marinaio a circa 180 miglia marine a nord di Old Perlican, un villaggio abitato da una nuova specie di donne, più pericolose delle sirene dentate delle leggende marinaresche.

Dopo Uxor, a molte femmine di quelle parti sono cresciute squame sulle cosce e sui seni, e le pareti della vagina si sono lentamente indurite, trasformandosi in tessuti di materiale madreperlaceo, simili a quelli delle valve interne delle ostriche. Qualcuno ha diffuso la storia che là dentro, nelle fiche delle donne di Old Perlican, nascano delle vere perle, a grappoli, frutti opalescenti fioriti nelle pieghe delle mucose, e che un nuovo muscolo bivalve, ingrossatosi nel vestibolo della vagina, come un parassita predatore dal cervello di murena, può stringere e mozzare uccelli in piena erezione, oltre che dita incaute.

Mai affondare tra le gambe di quelle puttane, dicono in tutte le bettole del villaggio, e il Capitano, mentre traccia le coordinate per avvicinarsi a quel posto, dove le zitelle-ostrica hanno ormai organizzato un monastero di eunuchi al loro servizio, stringe inconsapevolmente i denti osservando ciò che gli è rimasto del dito medio. *Terraferma del cazzo*, pensa a voce alta. E ha ragione.

La notte arriva schiacciandosi all'improvviso sull'oceano con la sua pancia scura. Grace cade nel pozzo nero e Mona la stringe forte al petto, fredda come la faccia di una Madonna in cima a un ghiacciaio. Non c'è più differenza tra l'acqua quasi immobile e il coperchio nero del cielo, con i buchi luminosi delle stelle stuccati da una coltre bastarda che se ne fotte della poesia, a parte i pochi metri illuminati dai fasci della prua della Homeless Doll che mostrano un ventaglio di mare vivo attraversato continuamente da inquietanti sagome, bestie da almeno un centinaio di chili che scodinzolano sotto il pelo dell'acqua spruzzando sangue dalle branchie. Stanno stendendo un tappeto rosso per il peschereccio, per fargli deviare la rotta e prendere sempre più il largo, dove gli esemplari più grossi, capaci di spaccare una chiglia come quella, aspettano affamati da sempre.

Il Trash Vortex 147 si mostra all'alba, come un macabro Eden galleggiante spinto da propulsori di gas di decomposizione. Più che a un piccolo Paradiso, somiglia a un gigantesco nido di ratti mutati che trasporta una cattedrale di guglie marcescenti e navate senzienti dalla schiena brulicante. Proboscidi di plastica e palizzate di nexoreno spuntano scomposte tra fronde malate, inseminate da germogli di Plutonio2. La coda del Vortex, che affonda e riemerge continuamente, è appesantita da rottami meccanici cotti e fusi assieme a formare una scalinata di scogli sintetici iridescenti, vitrei, leccati dalla lingua gelata della notte.

La traiettoria obliqua della Homeless Doll, che taglia di traverso l'oceano schiumando tra i vicoli scivolosi delle correnti più calde, apre improvvisamente la vista sul lato sud di quel cancro marino, su una specie di spiaggia, uno spazio allungato libero da quella flora di quarta generazione plasmata in foglie di alluminio e boccioli di oblò di vecchie lavatrici, seminato di oggetti luccicanti, minato da tecnologia alla deriva: mani e arti di androidi annegati, batterie sophis con led morti da anni, budella di cavi aggrovigliati, piccole flebo di lattice squagliate al suolo come razze dal sangue blu sottili un centimetro, micro-serbatoi di benzeno e protesi di tette sformate in viscide meduse scottate dal sole, cuori sintetici elementari irrorati dalla ruggine, vagine di sexy-doll usa e getta e rifiuti organici con la scocca dotata di zampe organizzati in nuove strutture meso-biologiche, che come conchiglie eretiche spruzzano il fondo azzurro e bronzo con i loro riflessi bianchi e rosa. La carcassa arrugginita di un velivolo dalle ali mozzate, col muso rosso e le file di finestrini che incorniciano teste umane ammuffite, incastrata in un'insenatura aperta al centro del corpo dell'isola, sul suo addome scuro schizzato da maree di petrolio e piscio di megattere, si ingrandisce lentamente nel binocolo di tartaruga del Capitano Lee.

Due promontori, masse cilindriche di molibdeno, firmate a fuoco XLT77 e XLT81, sollevate in verticale dalle spinte di nuove gobbe del terreno che lasciano emergere, fiorire e crescere in altezza piante dal busto forte a nucleo acciaio2 e rami di budella umane e animali innervate da carburanti solidi, due obsoleti e letali reattori ciclix sparati nell'oceano dal culo squadrato di piattaforme dismesse, spuntano al centro del Vortex come ciminiere di un assurdo Titanic biologico del XX secolo, entrambi circoncisi dal volo radente, in circolo vizioso, di affamati gabbiani cloacali.

Non è così assurdo, agli occhi dei fuggitivi, che quell'isola di rifiuti e scorie aggregate dalle correnti, quel tassello sconosciuto di un mosaico di nuovi arcipelaghi e piccoli continenti, che fa la voce sempre più grossa con l'ancora più malata e pericolosa terraferma tradizionale, possa essere considerata una Terra Promessa. Bisogna aver vissuto nelle Zone a Quarantena d'impatto per capirlo. Dopo lo schianto di Uxor, e i supersonici sbriciolamenti in ogni dove, non si può più parlare di homo sapiens, ma di *homo superstes*, una nuova specie con pulviscolo apocalittico tra gli ingranaggi del DNA, che si suddivide in due categorie: preda e predatore.

Mona e Rae, in piedi sulla prua stondata della Homeless Doll, con le loro bambine attaccate alle caviglie, Grace e Annapurna, sorridono al macabro spettacolo che si sta formando lungo la linea dell'orizzonte, dopo tanta inutile acqua, mentre il Capitano si fa il segno della croce masticando tabacco sintetico e preghiere di una volta. Annegret sta già ricaricando il suo HK733; odia quei cazzo di gabbiani, e lo si può perfettamente comprendere.

Una di quelle bestie ha strappato via un occhio alla sorella Dietmut, due anni fa. Avrebbe fatto meglio a lavorare con lei al Bon Bon, e poter contare sulla protezione di Valeria, il boss del sesso di Moosonee, più che aprire le cosce per strada e farsi marchiare sul culo la sirena verde, copyright di Lancelot Fortin, meglio conosciuto come 'Cookie', un pappone da quattro soldi travestito da amante. Una storia come tante altre: *un vicolo del cazzo, una serata andata male, solo 50 crediti per un paio di pompini, la frusta elettrica di Cookie che danza sulle chiappe di Dietmut, un calcio nello stomaco, una puttana incosciente riversa su un materasso di sacche di merda verde vuote come il cervello dell'uomo, l'avanguardia dei ratti in esplorazione, un morso sul piede della donna, un assaggio, poi l'atterraggio di un gabbiano cloacale e la fuga dei roditori. Quella bestia, con le penne tatuate dalle ghirlande viola della mutazione, che affonda il becco e scava nell'orbita destra di Dietmut, prima che Cookie, andato a pisciare la sua rabbia, possa fare qualcosa.* Una troia con un occhio solo non vale più molto, se non come caldo contenitore delle pulsioni dei freak della Zona 2, quelli abbattuti ogni giorno, a decine, dai cecchini della Milizia. Esseri mostruosi, più zombie che uomini, ma alcuni di loro contano proprietà nelle Zone 3 e 4, o all'interno della Contea. Sapendo di dover crepare da un momento all'altro, quelli non si preoccupano certo di cedere un appartamento in cambio di una chiavata con femmine dalla vulva buona e tutto il resto ancora a posto, come la natura aveva deciso, niente a che vedere con le troie zombie delle Zone 1 e 2 che noleggiano a chiunque vecchi e nuovi orifizi, bollenti come le interiora di un vulcano, coperte da pelle di lucertola o con coltivazioni di escrescenze lampeggianti sulla schiena, dove uova trasparenti scaldano larve di insetti senza una targa a codice o un nome in latino in nessuna classificazione. Il Tunnel dei Freak è stato scavato apposta, come i tanti serpenti sotterranei che portavano dalla vecchia Berlino Est alla parte buona della città. Dietmut ha dovuto percorrere tante volte quell'eretico budello, sfidando l'oscurità con l'unico occhio a disposizione, fino a non tornare più indietro, una notte. La sua carcassa è stata esposta all'alba dalle cugine puttane delle Zone 3 e 4, impalata vicino al confine, al recinto elettrificato. Annegret ha cucinato i testicoli di Cookie in un bel sugo atomizzato di pomodori e melanzane, divorandoli poi davanti al nuovo eunuco ammanettato, ma l'odio per i gabbiani cloacali le è rimasto annidato nello stomaco.

Ulysse il guercio è annidato sulla cappa del condensatore molecolare della Homeless Doll, il culo gli trema per le vibrazioni, mentre osserva il panorama come una singolare vedetta, con la testa voltata di trenta gradi per inquadrare l'isola con l'occhio buono, il destro. *Uno schifo di posto*, pensa, per poi distogliere il suo sguardo da ciclope e inquadrare il culo di Dakota che gonfia sodo un paio di pantaloncini. Ora fa troppo fresco per stare in bikini. Tacia, la figlia del guercio, vittima di quei bastardi del laboratorio, ombreggia l'anima dell'uomo, e lo scuote come raffiche; è la sua ossessione che gli sbandiera dentro, e mentre guarda Dakota, plasmata da atomi così morbidi e ben assemblati, sta prendendo di nuovo il sopravvento sui suoi pensieri. E la visione prende forma, contorcendosi acida dentro il suo cranio spelacchiato.

Quella troia ha aperto le cosce ai miliziani, ha offerto a quei figli di puttana il conforto della carne, dopo il massacro giornaliero. La mogliettina che ti aspetta a casa dopo il lavoro, che ti bacia, ti toglie di dosso la mimetica spruzzata di frullato di gente per succhiartelo, mentre ti gusti una tequila gelata e il tramonto di urla, là fuori. Forse la ragazza ha saziato anche gli appetiti dello staff del Laboratorio. Sicuro, quegli scienziati del cazzo, i peggiori di tutti, sadici cazzoni avvolti nei loro grembiuli verdi, avranno immerso l'uccello in quel culo... con il sottofondo della Norma di Maria Callas o qualche altro pezzo della loro musica da mattatoio, per coprire lo sfrigolare dei cesori e dei bisturi. Guarda come si muove, come le piace farsi guardare. Avrebbero potuto farne a meno? No. L'hanno usato quel culo, è sicuro, magari mentre sventravano Tacia inserendole un tubolare incandescente nelle viscere, prima di godersi lo spettacolo della sua carne cotta nell'acquario di acido solforico. Quante bolle... senza nemmeno le grida di tormento, silenziate dalle pareti di cristallo mesoplitene. Quella troia che fa danzare il culo al ritmo delle onde, che mi sta guardando con disprezzo, merita un trattamento, se la sta cercando, devo solo trovare qualcosa per scaldarle il clitoride. Dio, se solo avessi un lanciafiamme....

Valeria, l'Agrippina del Bon Bon, e Blanca, lingua biforcuta, non si vedono sul ponte, forse sono ancora impegnate nel loro saffico, serpentesco groviglio. Non è poi così essenziale sbirciare da un cazzo di oblò quel macabro cacciatorpediniere con le sue insegne di vermi, mimetizzato dalle chiazze grigio ratto e giallo-marrone del benzoprene e della colla di budella, quella discarica galleggiante che tutti, là sopra, chiamano *isola*. Blanca, con la sua pelle ispanica color miele, le dita sottili, è stata la prima puttana del bordello della matrona, una compagna fedele di fatturato e di vita. Mutata, certo che sì, bocca di vipera, una goduria.

Neanche Taison il Nero si cura molto della deriva orizzontale del Trash Vortex 147 che spazza via, in un lampo, tutto quel niente che circondava la Homeless Doll. Forse il niente è meglio, in certi momenti, perché puoi dargli una forma, piazzare in mano ai muratori dell'immaginazione i mattoni e la calce per costruire una bella illusione, una palafitta di cazzate verniciate di Eldorado, invece di arrenderti all'evidenza, alla realtà. Lo chiamano il Nero per il colore della pelle, proprio così, banalmente. Nessuna mutazione stavolta, il fatto è che tra le eliche del suo DNA ci sono ancora catene da schiavo, sfilacci di cotone grezzo e l'olio essenziale della creazione, tirato via dal midollo dell'Africa, la grande madre.

June e Vouvret, immigrati francesi, gente perbene, siedono sul bordo della chiglia e osservano se stessi riflessi e deformati dalle acque, là sotto. La bretone June per un momento sembra avere un ventre enormemente dilatato, come se fosse gravida di uno sgomento troppo grosso per il suo delicato bacino, almeno dieci chili di roba, mentre Vouvret, magro come una candela, vede la sua faccia allungarsi, le mascelle rendersi liquide e consentire alla sua bocca di poter gridare disperazione come una sirena limbica d'evacuazione. Ma il dipinto dell'oceano è creativo, e anche bastardo, e mostra tra di loro una terza figura. Forse è la Signora Morte che aspetta il suo momento, riflessa sfocata e stretta nel vestito nero dall'ampia gonna, con campanellini di dilitio sui bordi che fanno da definitiva clessidra. Quando suoneranno tutti, basterà una raffica di vento, sarà il momento di portare via qualcuno, e mostrargli finalmente il pozzo nero. *Ora è questa la tua casa, tesoro.*

Ma non bisogna dimenticarsi di Logan, quello è un tipo che è meglio non avere mai alle spalle. Un tossico come lui non ha altre divinità che le proprie chiappe butterate, e per salvarle è disposto a tutto. Vero, quel culo vale poco in fondo, ed è in scadenza, ma per lui è il Tempio di Gerusalemme di ogni momento, e ci vede oro e preziosi al posto della merda che lo colma, che si erge verso la volta di se stesso in fetidi colonnati e totem puzzolenti decorati da siringhe vuote, cactus di Cloud1, la roba che ha succhiato per troppo tempo. Il bastardo se ne sta per conto suo a intagliare qualcosa con un coltellino, con la sua espressione ghignante che dice: *Donne, coglioni e un posto dove poter stare per un po'. Carne e fica a sufficienza, almeno per un mese. E questo basterà per sballarmi, fino ad allora.* Per sincerarsi di averne ancora, si infila una mano nei pantaloni e stringe la fiala che ha nascosto nelle mutande. Cloud1, è ancora là la sua liquida odalisca. *Meglio di una cicciona ninfomane appena uscita da un anno di isolamento, e sicuramente molto meglio di queste troiette magre e la loro generalessa, che avrà pure delle super-tette, niente da dire, ma sembra vegetariana in termini di cazzo. Saffica stronza.*

Sul più bello, quando l'isola è ormai vicina e il Capitano Lee sta preparando la sua Homeless Doll, con un certo sollievo, per l'avvicinamento e lo sbarco dei fuggiaschi, si sente un rombo e qualcosa sfrecciare in lontananza, incollata su un binario veloce che taglia in diagonale quel quadrante di oceano finora silenzioso, quasi morto. La forma indistinta si rassoda poco dopo, e il capitano attaccato al binocolo chiarisce subito la situazione al suo bizzarro equipaggio, prima di fermare i motori. È inutile tentare di scappare.

«Una vedetta L21. *Roba militare...* Gente, tra voi dev'esserci qualche pezzo grosso se vengono a cercarvi in groppa agli squali dell'oceano. Non fate cazzate, vi conviene... non mi piace il frullato di eroi.»

«Squali dell'oceano? Ma di che parli?», chiede spiegazioni Logan, grattandosi le palle.

«Vedette del genere non se ne vedono, non certo in questa zona di disperati... sono in dotazione alle forze speciali e a qualche gruppo di mercenari foraggiati da pezzi di merda a cinquanta carati. Non so se sono stato chiaro», replica il capitano. «Per chi ci crede, potete pure iniziare a pregare, ci raggiungeranno in pochi minuti.»

La vedetta, un grasso siluro grigio cavalcato da una postazione di comando ottagonale, tatuata su entrambi i fianchi affilati con lo stemma della Milizia di Quarantena, la testa verde di uno zombie urlante da B-Movie di una volta, stritolato da una morsa idraulica, si avvicina rapidamente al peschereccio fino a una portata di poche decine di metri. I due membri dell'equipaggio, adesso non più sagome indistinte agli occhi spalancati dei fuggiaschi, protetti fino al petto dalle fasce di annodimio della base semovente della mitragliatrice Maxim M66, l'uccello della L21 dal glande luccicante e minaccioso che sembra annusare vagine natanti da affondare, alzano le braccia e salutano la Homeless Doll festosamente, come una coppia di turisti in cerca di una zolla di oceano in cui tuffarsi e godersela, e magari di compagni per un'orgia galleggiante, tra frullati di adrenalina, bottiglie di spumante indiano riserva e vibratori neoprenici a forma di anguille. Sono un uomo e una donna, e sorridono mostrando i denti; un amichevole e inaspettato scintillio d'avorio.

«Qualcuno lassù deve aver ascoltato i vostri padrenostri, gente... quelli non sono certo militari, e nemmeno pezzi di merda a caccia di taglie», commenta il capitano tirando un sorriso di sollievo e serrando gli occhi per mettere meglio a fuoco gli sconosciuti, che continuano a sventolare le braccia e sputare inutilmente parole contro il muro mobile del vento.

Mona si lancia sulla ringhiera, come lanciata da una potente mazzafionda. «Ma quelli sono Oceanne e Zack!», esclama restando a bocca aperta, per poi incupirsi dopo un accelerato cerino d'istante, che si consuma senza pietà. «E Jackson? Dov'è?», aggiunge poi la donna piegando il collo a destra e sinistra per guardare meglio, lasciandosi spettinare da una forte raffica che le spruzza sul viso delle lacrime salate. Le sue sono rimaste inchiodate nei vasi degli occhi.

«Sembrano proprio loro, ma come cazzo...», aggiunge Logan stupito, prima di sfilarsi dalle mutande la fialetta sacra del suo elisir di lungo sballamento, e controllandone il frizzante livello. No, è ancora piena, non può essere un'allucinazione. Mona ci ha visto giusto. Uhmmmm.

«Se volete spiegare anche a me...», commenta il Capitano Lee, voltandosi verso l'equipaggio fremente. «Quei due erano sulla lista? Comunque sia dovrem rifare i conti, amici miei».

***

La Homeless Doll e la Vedetta L21 approdano sull'Isola, sfregando i lucidi fianchi contro un semicerchio di creativi scogli di macro-condensatori e serbatoi arrugginiti ricoperti da un viscido coppale di petrolio, e alghe fosforescenti grandi come un monolocale da puttana nel cuore di Parigi Sud 5, dal quale il gruppo può accedere a piedi, immergendosi fino alla vita in acque dense dalla trama sibillina, alla spiaggetta minata da tecnologia alla deriva, piante grasse con fiori di arti di androidi e granchi 2.0, dai gusci composti da morbide protesi cotte dal sole e parafanghi di sex toy contorti.

Sembra quello l'accesso apparentemente più facile al Trash Vortex; il resto della costa si mostra verticale, brulicante di palizzate meccaniche, puntali e sbarre inarticolate di gabbie da immersione sventrate e deformate, simili a spiritrombe a raggiera di insetti da qualche centinaio di chili, scivolose scogliere color fegato, composte di strati di lamine di plexileno pietrificate, quelle usate negli assemblaggi di alloggi militari prefabbricati, farcite come sandwich dalla colla solida di rifiuti organici a classificazione U e tempestate dalle pallottole di una strana muggine gorgogliante.

Mentre la Homeless Doll si allontana dall'isola, dopo aver mollato in quel posto di merda il proprio carico umano, col Capitano Lee che armeggia sui comandi per spingere i motori ionici al massimo, con le loro protuberanze di scarichi multicolore come code di pavone, il gruppo di fuggiaschi, tutti dotati di maschere antiradiazioni a filtraggio avanzato, procede in fila indiana verso l'interno del Vortex; devono arrivare presto al Bunker, hanno circa mezz'ora di autonomia prima di fare una brutta fine ed essere assemblati anche loro in quegli aggregati organico-meccanici che li circondano, che mostrano, come graffiti 3D, gli stampi di facce e organi umani e animali, legati con i lacci molecolari di una nuova alchimia bastarda a parti di ricambio, scorie e rifiuti solidi, intrappolati in quella post-Pompei alla deriva come fossili assurdi di una nuova era ancora da venire.

«Non dovevi lasciare Jackson nelle mani di quei bastardi, non dovevate...», continua a mormorare Mona, al centro del gruppo, con Grace avvinghiata al collo, spaventata dagli strani suoni e vibrazioni, alieni e seriali, che fanno traballare il terreno, la base immonda dell'isola sganciata dalla scorza del pianeta.

«Te l'ho detto, è stato già un colpo di culo aver portato Zack fuori di là», le risponde Oceanne affrettando il passo, affiancando Mona e afferrandola per un braccio. «Ehi, mica crederai che me ne sono fregata del tuo uomo. Ero da sola, in quel Centro di Smistamento protetto da una ventina di bastardi, e c'era pure una squadra della Milizia... *vi aspettavano, qualcuno ha la lingua lunga...* purtroppo li avevano già divisi, e Jackson è finito nel posto sbagliato, nei sotterranei. Ci sarebbe voluto un esercito per raggiungere quella sezione e tirarlo fuori. *Quindi, non dovevamo cosa?* Restare vivi, forse? *È questo che non ti va giù?* Ci sto di merda, mi brucia, ma non prendertela con me», aggiunge poi concitata, sudando nella maschera.

«Certo, ti brucia... goditi il tuo Zack e fanne buon uso. Andrò a prendere Jackson con la vedetta, nel Bunker ci sono armi e attrezzature, a costo di andarci da sola... non importa. Lui di certo non vi avrebbe mollato là per tagliare la corda», le risponde acida Mona, proseguendo dritto senza guardarla in faccia.

«So che sei fuori di testa, lo capisco, ma non contarci... sarà già stato trasferito alla Fortezza ormai, e da là non esce nessuno. Nemmeno il Padreterno può più farci niente. Mi dispiace davvero.»

«Piantatela con i piagnistei», interviene Logan. «Qui rischiamo di restarci tutti secchi, e finire nel pozzo nero molto prima di Jackson. Il 'professore' la sa lunga su queste vecchie installazioni segrete, va bene, ma se ha toppato ci ha portato in una bella trappola del cazzo. Ma vi siete guardati attorno?»

«Chiudi quella boccaccia, Logan, e risparmia il fiato», tuona Zack zoppicando. «Tu non dovevi neanche essere qui, te la sei squagliata al momento giusto, *che combinazione...* Jackson ce la farà, troveremo il modo di schiodarlo dalla Fortezza. Ma adesso abbiamo venti minuti per raggiungere il Bunker, e vedremo se quello che ci ha raccontato sono cazzate. Non penso proprio che si sarebbe giocato moglie e figlia per un'ipotesi, tu che dici, tossico? Ma che te lo chiedo a fare, tu venderesti anche le chiappe secche di tua madre...»

Logan vorrebbe sputare a terra, mostrando tutto il suo disprezzo per quel coglione di Zack, nient'altro che un succhia-tequila mantenuto da una terrorista. Ma non fa altro che grugnire nella maschera e proseguire il cammino, mettendosi in coda al gruppo. Meglio stare dietro, chissà cosa potranno trovarsi di fronte, prima di arrivare al fantomatico Bunker decantato da Jackson. *Un posto sicuro e inaccessibile, dove poterci rifugiare e poi pensare al futuro, lontani dal mattatoio di Moosonee*, aveva detto il professore. Vedremo.

«La pianteremo, Logan, appena la farai finita di fare l'uccello del malaugurio», interviene Oceanne spazientita. «Ma tu, *Madame Bon Bon,* che ci fai qui con le tue puttane? Se non ricordo male voi non c'entravate niente con questa storia, e poi... lasciare un'attività così fiorente. *Che è successo? i Miliziani non pagavano più per farvi aprire le gambe?*», aggiunge poi voltandosi di scatto verso Valeria, affiancata come sempre dalla pitonessa Blanca, che stringe gli occhi verso di lei, mordendosi le labbra.

«Fatti raccontare dagli altri come è andata a Sept-Iles; se sono qui lo devono a noi, beh... alla mira di Annegret soprattutto. Mi pare che basti per poter condividere questa bella gita, no? Comunque, visto che ti agiti tanto, siamo in viaggio per accompagnare Rae... ha un figlio, se non te ne sei accorta, *guardalo...* per fortuna ha ancora la testa sul collo. Il Bon Bon aprirà da qualche altra parte, non in una zona di quarantena, dove girano più zombie che soldi. *Se vorrai, potrai farne parte,* mandami un curriculum, un culetto a mandolino come il tuo è sempre una garanzia, per certi commerci. Ti basta come spiegazione? Non hai di che preoccuparti, rilassati, non abbiamo certo intenzione di tentare i tuoi amici, tantomeno quel bellimbusto», replica Valeria scuotendo le grosse tette verso Zack, che non resta indifferente. Rompighiaccio è particolarmente sensibile alla tequila sintetica, questo è noto, ma anche ad altre fascinazioni più biologiche, specie dalla sesta misura in poi.

INTERLUDIO
LA CODA NERA SEGMENTO 2

NUOVA FRANCIA
PARIGI
ÉGOUT – CONDOTTO V59

Il ratto 11.982 si è saziato rosicchiando la mano di una donna, sputando nel sangue marrone del condotto V59 il vistoso anello incoronato da uno smeraldo atomizzato, troppo duro e insipido. Quel pezzo di carne doveva appartenere a una signora di passaggio nel Bronx di Parigi Sud 5 per una veloce incursione, una di quelle col clitoride surriscaldato a caccia di avventure estreme, qualsiasi cosa pur di sopravvivere a un marito dalle gambe magre come quelle di un uccello di palude, il culo grigio, tre fasce di trippe e, soprattutto, un uccello narcotizzato dal lusso, senza più spina dorsale: nulla di più di una lumaca senza guscio appollaiata sulle sue uova scrotali come una viscida chiocciola, in attesa che nasca il terzo testicolo, là sotto, o che da quelle sfere di carne saltino fuori cuccioli di sanguisughe, parenti molli da allevare.

Forse la donna era di gusti particolari, è più che un semplice stallone da stantuffo, come quelli del Cafè Liner, covo di fottitori nani superdotati che sanno perforare a fondo, e trovare pure il petrolio, era a caccia di un bel maschio da sfondare con un rotore, meccanismo cult da brutale accoppiamento al sangue; un giovane sfintere da centrifugare le avrebbe consentito di scrosciare orgasmi multipli dalla vita in giù, come rivoli di brina bollente su stalattiti secche, ruvide, dimenticate. C'è chi non può fare più a meno dello spettacolo vivo di un rosone di sangue, dai vetri di membrane rosse e viola, con cornici rosa di mucose e spaghetti di muscoli, spruzzato tra i glutei della vittima; è come cocaina visiva a gradazione topica. Altro che godemiché di tempi andati, di cuoio morto, o più recenti dildo riscaldabili multi-testa da centauro a cinque gambe; il rotore è un'altra storia, gira con furia elettronica su se stesso come un'elica inebriata di gasolio, sollevando, ritraendo e combinando sporgenze, spessori e denti regolabili e termo-controllati; gli ultimi modelli sono dotati di cinquanta configurazioni di danni collaterali, fino all'estremo, l'Excalibur del sesso rettale: la matassa di intestini freschi. Basta installarlo con le cinghie a scomparsa sui fianchi e chiunque, uomo, donna o TGirl, può trasformarsi in un cazzuto gladiatore da letto.

Ma al ratto 11.982 importa poco della storia di quella donna, della padrona di quelle dita così saporite, e a pancia piena si rifugia nel suo nido, ricavato nella bocca spalancata e succhiante di una statua in syntex, senza più gambe, del Marchese De Sade, un tempo alta cinque metri, strangolata da collane di vulve intermittenti e rosari di dilitio con grani di micro-tette dai capezzoli fiottanti Cloud1, il latte apocalittico. Uno dei pupazzi eretici usati dai molesti indigeni del quartiere per le loro immonde processioni e carnevali di stupro, fatti a pezzi e risucchiati nelle fogne come una popolazione scomposta di mostri galleggianti senza cuore.

Il ratto 11.982 si addormenta nella bocca del marchese, e inizia a sognare un sogno animale, primitivo, assecondando gli schemi elettrici primordiali della sua mente, ma la mutazione scorre acida dentro quell'essere codato, e ciò che vede, lentamente, si evolve in pensieri più umani; ma forse è solo un'illusione, un incubo, oppure una cazzo di profezia, anche quella ha la coda nera.

SSSSSSSSSSSSSSSSSSSSSSSSHHHHH, stomaco pieno, sangue che va là in mezzo. TUMBTUMBTUMBTUMB, cuore che batte, corre, le dita buone, piacere. Le scarpe, i marciapiedi, le bocche larghe delle strade, i calci e una scopa sulla schiena. Ancora scarpe, e poi gambe, loro così grandi, pupazzi con le gambe e con il cuore, che camminano. Dove vanno? Nelle bocche larghe dei palazzi, nelle porte, nei lingotti con le ruote. Corrono. WOOOOOSSSHHHHH, un lanciafiamme che parla veloce, la nidiata dei piccoli, bruciata. Il fuoco, le code nere mozzate. Scappare, ancora, in strada, tra ruote, scarpe, e gambe, correre, morire o mangiare ancora. La bocca larga della donna, il portone di carne tra le gambe. No, COSCE. Un nido nuovo, grande, col cuore. L'ostrica con le maniglie, la ventosa, la caverna con le branchie. No, LABBRA. SSSSSSSSSSHHHHHHHH, sangue che va nelle zampe, adesso. Correre all'interno e nascondersi. Fame. Pareti di donna, dentro, il nido, l'imbuto a Y e le uova piccole. Il muso che sfiora la polpa, buona, calda. Ancora più in fondo. Ancora più caldo. Le pozze, assaggiare, bere. WAMMMMMMMP. Il neon dentro la testa brucia. *Bere ancora quel latte trasparente. No, LIQUIDO DI DONNA. WAMMMMMMMP. La luce, ancora, più forte. Linee interrotte che si uniscono, Non più solo fame, paura, e scappare. Adesso anche capire. Il forno, alla base, e la lingua rosa, umida. Qui dentro? Dentro la donna, un'altra bocca? Bere ancora, la pioggia che cade dai soffitti di carne, assaggiare, ingoiare. No, IL CLITORIDE DELLA DONNA. La murena rosa, il dito viscido che sfiora il muso, l'intelligenza colorata che entra dentro. Ancora più a fondo. SSSSSSSSSSHHHHHHH, sangue che va nelle zampe, adesso, nel cervello. NO, NELLA COSCIENZA. I canali, le tube, le derivazioni e la matrice benedetta. L'utero, sono dentro la donna gigante che cammina, che ha le gambe, che è viva e il suo cuore è un TUMBTUMBTUMBTUMB molto più forte del mio, che non sento più. Non sa che sono qui dentro, non lo sapevo nemmeno io. Nuovi colori, non ci sono qui dentro, non li ho mai visti, ma adesso so che esistono. Il Blu e il Giallo. Li sento sulla punta dei sensi, è il cervello a cambiare tutto. Il dito, la murena rosa è mia madre. Piove ancora nell'utero della gigantessa. Bevo, mi ingozzo di gocce grandi come la mia testa, e WAMMMMMMMP, altre sensazioni. Marte, Saturno, e il pianeta Terra. Altre bocche di altre strade, nere e senza gravità, e altre porte che si aprono. Ancora più a fondo, scendere dentro senza paura. Ma il ventre della donna ha un guardiano, e si è accorto di me. Una medusa rossa con la pelle di vene intrecciate. No, LA PLACENTA. Il guardiano mi mangia, ma non ha denti, non mastica, non ha fame. Sento la pioggia ovunque adesso, e posso respirare anche se sono immerso nel fluido qui dentro, dentro la donna, dentro il suo ultimo nido. No, LIQUIDO AMNIOTICO. Faccio capriole, non ho più fame. La pancia è piena e un serpente di carne mi è entrato dentro, sputa roba buona. No, CORDONE OMBELICALE. Lo sfioro con le zampe, non ha occhi e cuore, ma mi vede, e mi vuole bene lo stesso. Forse ha un cuore distante, da un'altra parte qui dentro. Un collegamento, mille collegamenti e un radar di nervi che sa tutto. Mi guardo le zampe, le struscio sulla pelle. No, MANI.*

Il ratto 11.982 si sveglia, salta fuori dalla bocca del marchese, corre veloce nel condotto, verso il chiarore della prima catidoia. Sì, ha sempre quattro zampe come prima. Luna piena, si proietta in strada, dove ci sono poche gambe e ruote, adesso. Stacca il muso da terra e lo solleva verso il cielo, e per la prima volta vede le stelle.

S
IL BUNKER

TRASH VORTEX 147

Il gruppo, con in testa le impetuose Annegret e Oceanne che dettano il ritmo, seguite a pochi metri da Zack che ruota in continuazione la mappa scarabocchiata di Jackson, dopo aver affondato le ginocchia nell'umida groppa di una collina di rifiuti filtrati e triturati dai fanoni di una ruspa polverizzatrice, ricoperta dalla nevicata di plastica di contenitori di meso-proteine ormai a secco, che si muovono e sollevano di qualche centimetro, spinti dai motori alati di mosconi ingrassati che li hanno scelti come nidi, si trova davanti a uno spiazzo centrato dal corpo bruno di una costruzione in metallex pesante, blindata. *Eccolo, il bunker del quale aveva parlato Jackson.*

«È là che dobbiamo andare», aveva ripetuto il professore a Mona, Zack e Oceanne, quella sera a Moosonee, mentre si discuteva del piano di fuga. «Non ci troveranno mai in quel posto, ospita una struttura militare abbandonata, una specie di bunker, con laboratori, alloggi e un magazzino di viveri e rifornimenti che ci basterà per mesi, se non ci porteremo dietro troppa gente. A quanti ne avete parlato?»

«Non ti offendere amico mio, ma mi pare una gran cazzata», gli aveva risposto Rompighiaccio sbracato sul divano. «Insomma, davvero pensi che potremo rifugiarci su un trash vortex di merda? E non ho detto *merda* per caso, *eh.* Cristo, è un vero schifo, ci prenderemo la sifilide appena sbarcati.»

«Guarda che quella è una malattia venerea, ma ti sei bevuto il cervello? Lascia finire Jackson, e tappati la bocca con la tua tequila», l'aveva zittito Oceanne graffiandogli il grugno con una delle sue peggiori occhiatacce. «Vai pure avanti Jackson, ti ascoltiamo. Certo, non sembra proprio un posto molto accogliente, sicuro che…»

«Aspetta. La struttura, capace di ospitare uno staff di un centinaio di persone, inclusa la sorveglianza e la manutenzione, era adibita a sperimentazioni avanzate di genetica molecolare, direttamente sotto il controllo della New Moon Corporation, e sapete di chi parlo...», aveva continuato lui.

«Già, i francesi della super-avanguardia, certo. Quelli che hanno noleggiato per cento anni le risorse contaminate del nostro paese, in cambio di tecnologia e crediti con parecchi zeri», aveva aggiunto Mona, «nessuno crede sia vero, *leggende metropolitane,* dicono tutti. Invece sono loro i padroni, adesso... tutto è contaminato, qui, *perfino Grace.* Una multinazionale di criminali.»

«Proprio così, ma lasciamo stare la politica. *Ehi Zack, sei dei nostri?*» La voce di Jackson aveva fatto sussultare Rompighiaccio, concentrato sulla cannuccia telescopica che sembra non far bene il suo mestiere: risucchiare tequila dall'otre sul tavolo della sala da pranzo arredata alla messicana. «*Presente!* Scusa professore, ma questo affare si è bloccato. Parla, ti ascolto. Dicevi... dei francesi...», aveva borbottato rosso in faccia.

«Lasciamoli stare, quelli. Comunque, non sto correndo dietro a leggende metropolitane, ho letto la documentazione su quella struttura dal mio ufficio al Centro Oceanografico, che traccia le attività di tutti i trash vortex, grazie a un agglomerato di informazioni top secret non troppo difficile da decriptare. Ma non fatemi dire di più, non vorrei mettere nei guai qualche collega... quello che posso assicurarvi, e che ci interessa, è che la struttura, anche se abbandonata da due anni, sigillata, è perfettamente in grado di ospitarci per mesi, e saremo al sicuro. Ci serve solo un passaggio via oceano, magari un peschereccio k9, e delle maschere antiradiazioni a filtraggio, per raggiungere il bunker dalla costa del vortex. Ho disegnato una mappa, eccola... è rudimentale certo, ho avuto pochi secondi per sintetizzare ciò che vedevo a video, ma basta e avanza. È un posto sicuro, disabitato, nessuno ci cercherà laggiù. Poi vedremo dove spostarci, quando le acque si saranno calmate.»

«*E allora vamos!*», aveva esclamato Zack indossando un buffo sombrero con una fascia di lampadine rosse intermittenti. La festa messicana gli aveva dato alla testa.

«Quanto sei stupido... ma che ci faccio con te?», gli aveva risposto Oceanne saltandogli improvvisamente in braccio e facendogli ficcare la cannuccia giù in gola. Risate, quel poco che era servito per resistere alla disperazione, alla Quarantena e ai colpi dei cecchini che continuavano a far saltare le cervella ai concittadini troppo marci.

L'enorme struttura, dal privilegiato e puzzolente punto di osservazione dei fuggiaschi, là in alto, si rivela a forma di Y, come se l'isola, morta già dalla nascita, dalla sua formazione casuale, avesse subito la ruvida autopsia di un patologo dalla lama di centocinquanta metri; una cicatrice sulla pelle del vortex ronzante di insetti mai visti. Una patina giallastra ricopre l'edificio, una pisciata di sabbia e di tempo fermo. L'area circostante non mostra i grovigli di merda e i bubboni di rifiuti gorgoglianti del vortex, ed è stata ricoperta da qualche strato di laminare compresso; sembra l'anello di una pista di atletica di uno stadio olimpico, con lo sterco dei ratti, il codice morse delle loro fetide palline nere, a dividere immaginarie corsie. Il bunker sembra abbandonato da tempo, proprio come aveva assicurato Jackson, e sulla parte terminale della coda della grande Y è ricavato, apparentemente, l'unico ingresso della struttura: un enorme portello pneumatico a scomparsa orizzontale, corazzato da cerniere roto-basculanti come il caveau di Fort Knox.

Sulla polverosa armatura bruna del bunker, sui lunghi scudi laterali che lo fasciano, si rivela il simbolo della New Moon Corporation, macchiato dagli spruzzi di vomito dei sottili cannoni di termitai che, aggregati come apocalittici cactus di terra respiranti, circondano l'area bonificata, una luna piena con stelle azzurre al posto dei crateri e sotto, in caratteri dorati, lo slogan dei fottuti francesi dell'iper-avanguardia: *Évolution ou Mort.*

«*Cazzo!*», esclama Annegret, impressionata da quel bestione di metallex che le riempie la vista, solido e massiccio come l'altare di un gigante. «Ma come ci entriamo là dentro?», si chiede voltandosi verso Oceanne, immobile come una statua di sale, con la bocca aperta che appanna a intermittenza la struttura trasparente della maschera di filtraggio.

«*Basta avere un apriscatole...* una volta ho aperto una termo-bottiglia di tequila con i denti, ammanettato, quindi... beh, insomma, così mi hanno detto al posto di polizia. Quando ti danno un mese per rissa ti viene una cazzo di sete... e trovi il sistema. Quel bestione là sembra tanto cazzuto, ma lo fregheremo. *Scendiamo ragazzi, siamo arrivati!*», interviene Zack allargando le braccia e facendo segno al gruppo di accelerare il passo e seguirlo.

«Siamo a posto, allora...», borbotta Annegret prima di imbracciare di nuovo il suo spaccaculi e riprendere il cammino.

Arrivati davanti all'ingresso del bunker, Rompighiaccio si stacca dal gruppo, si avvicina al portello, capace di ingoiare dieci uomini uno sopra l'altro, e vi poggia l'orecchio come uno sciamano indiano in ascolto. *SSSSSSSHHHHH*, sibila dentro la maschera, chiedendo silenzio al pubblico come un direttore d'orchestra, ma nessuno può sentirlo a quella distanza. Dopo qualche secondo di quella buffonata, finalmente si toglie lo zaino dalle spalle, lo poggia a terra, estrae una scatoletta nera dalla pancia ricoperta di ventose di connessione, e con fare drammatico la poggia al centro del portello, lasciandola agganciare. Una serie di bip comunica che l'arnese funziona, che si è attivato e che sta facendo qualcosa.

Una bomba? Possibile? No, quello è il campo di Oceanne, lo sanno tutti.

Il gruppo si fa intorno a Zack, e lui si volta trionfante.

«*Basta avere un apriscatole...* che vi dicevo? Adesso gli facciamo aprire la bocca a questo bestione... e gli controlliamo i denti, questione di secondi. *Ehi, non esagerate con l'entusiasmo però, eh?*»

«Dovremmo ringraziarti?», le risponde Annegret dubbiosa. «Magari aspettiamo che si apra davvero quell'affare.»

«Lo so, sembra un coglione, ma sa quello che fa...», interviene Oceanne scompigliando con una mano i capelli del compagno. «Ci sa fare con quei giocattoli, *specie quando qualcuno gli fa avere la documentazione del sistema...* vero mago delle serrature?»

«Non fare la guastafeste, bella mia, oppure dovrai finire tu il lavoro e far entrare i signori in casa. Jackson mi ha dato solo alcuni dati di massima, il resto...», replica Zack balbettando, «il resto è frutto di *questa qua*», aggiunge, puntandosi il dito sul cranio.

Proprio in quel momento il meccanismo si sblocca, le cerniere roto-basculanti vanno nella giusta posizione e le mascelle del bunker iniziano a spalancarsi, sbavando fluido anticorrosione, accompagnate da un fruscio metallico che fa da sottofondo horror.

«Entriamo, non è sicuro qui fuori», sussurra Mona proiettandosi all'interno, con Grace in braccio.

Davanti a Zack, immobile come un portiere d'albergo, sfilano lentamente tutti gli altri, lasciandosi ingoiare dalle rigide budella della struttura, che dopo l'apertura del portello esterno hanno animato una galleria di luci perimetrali: Annegret, Rae con la piccola Annapurna, Oceanne, il sospettoso Logan, Dakota, June col zoppicante Vouvret, Taison il Nero, Ulysse il Guercio e per ultime Valeria e la sinuosa dama Blanca.

«Tutti a bordo!», esclama Zack, prima di recuperare la sua sanguisuga elettronica, entrare nel bunker, digitare un codice su un pannello laterale e serrare di nuovo quella grande bocca di metallex.

«Finalmente possiamo toglierci questa roba dalla faccia», sussurra Blanca togliendosi la maschera e avvicinandosi sinuosa a Rompighiaccio. «Io ho voglia di ringraziarti, Zack, *se ti va...*», gli dice stringendosi a lui, facendogli sentire bene le tette gonfie sullo stomaco, e sollevando il mento verso le sue labbra.

«Beh, se la metti così...», balbetta lui sudato, artigliando i fianchi della donna e chinandosi verso di lei, fremente. Arrivato a un centimetro dall'obiettivo, Blanca sfodera la lingua da vipera, facendola guizzare velocemente, ridendo poi dell'uomo finito subito col culo per terra. «Che c'è, non ti piace?»

«Porca puttana... ma che roba...», rantola lui senza fiato.

«Ben ti sta...puttaniere da quattro soldi», ringhia Oceanne con i pugni sui fianchi, tornata indietro a recuperare il suo uomo. *«E tu, troia serpente, cosa vuoi, hai il pozzo secco? Pensa all'ostrica della tua lady»*, aggiunge mordendosi le labbra e squadrando la donna che si allontana sculettando e sghignazzando.

«Siete proprio due bei fidanzatini, ci sarà da divertirsi...», sussurra Blanca inoltrandosi nella galleria per raggiungere gli altri, che continuano a muoversi lentamente, come se camminassero su un campo minato.

La lunga galleria dai mille occhi azzurri, che occupa un terzo della coda del bunker, guida il gruppo verso il settore di destra della struttura, dedicato agli alloggi del personale, diviso da una ics di corridoi che danno su delle stanze dotate ciascuna di quattro postazioni letto, un sistema igienico centrale e una consolle di comunicazione. Il grande ingresso della zona alloggi, di forma ovale, dalle pareti ricoperte di sottili storage, che sorridono coi loro microled mostrando denti di pulsanti, sembra una immensa biblioteca di dati con al centro un cubo di consultazione; Logan, incuriosito, ne scopre presto l'effettiva funzione.

Sfiorando il frontalino di uno degli storage, il sistema si accende, calibra l'esigenza dell'utilizzatore tramite uno scanner multiverso, che fotografa lo stato biofisico dell'uomo, si apre come un cassettino pneumatico e sforna la razione: un contenitore grande come una saponetta contenente tre rettangoli di cibo pressurizzato, probabilmente proteine, carboidrati, zuccheri, proto-fibre e vitaminizzanti sintetizzati. Una specie di microonde intelligente, e ce ne sono centinaia sulle pareti dell'ingresso, che ora pulsano nel loro carnevale elettronico di barre blu, rosse e verdi e di visori olografici a espansione che proiettano figure e grafici verso l'alto. Quello che sta osservando Logan lassù, animato sul soffitto dell'ingresso, quella specie di alieno gelatinoso in posizione fetale, è la replica elettronica del suo stomaco, pronta a mostrare il processo di digestione.

«Non toccare niente, Logan, non sappiamo come funziona qui...», lo avvisa Mona appena uscita da una delle stanze, dove ha lasciato Grace. «Se il sistema parte e si connette, ci localizzerebbero immediatamente. Jackson aveva detto che avremmo...»

«Adesso basta col tuo *Jackson*», la interrompe lui. «Il fatto è che il tuo grand'uomo si è fatto beccare come un pollo. Ma io non starò certo ad aspettare la sua resurrezione... Quindi, signora, farò quello che mi pare in questo cazzo di posto. *Nessuno esce vivo dalla Fortezza*, fattene una ragione, e a me non piace prendere ordini da un fantasma.»

«Sei uno stronzo, Logan...», mormora Mona con le lacrime agli occhi.

Poi la provvidenza lampeggia, lo stronzo si prende un calcio nelle palle e resta in ginocchio, rosso come un peperone, cercando di farle scendere di nuovo giù, al loro posto. Gli sembra di sentirle in gola.

«*Non mi farò fottere da quei bastardi per colpa tua, cervello tossico...*», ringhia Oceanne, minacciando di colpirlo di nuovo con gli anfibi dalla punta corazzata. «Mona ha ragione, Zack sta controllando le connessioni di quest'area, non toccare niente se ci tieni alle palle. Se non fosse stato per Jackson, a quest'ora saresti appeso a testa in giù, nel mattatoio di Moosonee. Ficcatelo bene in testa.»

I nuovi esploratori del bunker scrutano l'Area con attenzione, *hanno lasciato tutto pulito, troppo pulito qua dentro*, pensa il torvo Ulysse, non perdendo mai di vista, con l'occhio buono, la sua preda preferita, Dakota, che si sta sistemando i capelli specchiandosi in un lucido rettangolo di acciaio2. *Guardala, non vede l'ora di allargare le cosce, non può farne a meno… mi troverai pronto, bambola, stanne certa,* pensa il Guercio animando lo stemma da satiro a trenta carati sulla fronte della sua faccia gualcita, rossastra, forata solo dal buco nero di un incisivo mancante.

Restano tutti in silenzio per qualche minuto, quasi intimoriti dalla sontuosità aliena della struttura che li ha inghiottiti finché Rompighiaccio, sdraiato sotto i cuscinetti di un mega-convertitore, intento a smanettare i tentacoli in fibra della fredda sogliola attaccata alla scheda COM primaria, li informa della bella notizia. «*Niente connessioni con l'esterno, hanno staccato tutto qui…* potete pure bestemmiare in santa pace, non vi sentirà nessuno.»

«*Dio sia lodato!*», esclama la magra June attaccandosi alla spalla del traballante Vouvret, il marito dagli occhi scavati che continua a guardarsi intorno come se vedesse, solo lui, squadroni di angeli e calabroni volteggiare intorno alla propria conca di depressione, qualcosa da farcire per gli uni, una calda tana per gli altri. Miele, è quello l'odore delle cose che stanno per morire, ed è quel profumo che l'uomo ha addosso ad attirare insetti e arcangeli immaginari, le allucinazioni volanti. Ma forse, semplicemente non ha indossato correttamente la maschera di filtraggio, quando erano all'esterno.

«Beh, allora bisogna festeggiare, dopo tutta questa traversata mi fanno male i piedi», aggiunge Valeria, lanciando uno sguardo lattiginoso a Blanca, che sputa ancora veleno verso Zack, sempre disteso a terra, con la faccia sudata che gli lampeggia vistosamente. «Se lo dice il mago dell'elettronica, allora siamo a posto. *Meriti un bel regalo, te l'ho detto. Un regalo umido.*»

Mona accenna il primo sorriso da giorni, l'ultimo era rimasto accartocciato sul pavimento della baracca di Zack e Oceanne, dopo quella cena messicana condita dalla follia e dalla disperazione. Tequila sintetica, il rullare dei cecchini, l'adrenalina di un piano di fuga, il buffo sombrero illuminato di Rompighiaccio e le mascelle levigate di Jackson; quel bacio con i fuochi d'artificio degli esplosi umani fuori dalla finestra.

Ma il sollievo del gruppo dura giusto il tempo di sollevare la testa e intercettare un suono, uno sbattere là sopra, o forse da un'altra zona del bunker o dalla galleria, chi lo sa… un impazzire di eco e vibrazioni, ecco… colpi sferrati contro qualcosa di duro, resistente. Lo sentono tutti quel rumore, del tutto estraneo ai rigurgiti da sottomarino del sistema idraulico della struttura ai quali si sono già abituati.

«Sembra provenire da là», indica col braccio Taison il Nero inchiodando sulle scarpe da ginnastica, dopo essersi precipitato, con uno scatto d'antilope, appena fuori dall'Area Alloggi, oltrepassando l'ingresso rivestito di lingotti alimentari.

«*Ehi corridore, ma che hai il pepe al culo?* Non si era detto di non allontanarci, o vale solo per me?», commenta Logan con lo scroto ancora dolorante. «*Ora ti spetta un calcio nelle palle, se siamo in democrazia*», aggiunge facendo il saluto militare a Oceanne, là a pochi metri da lui, allarmata anche dalla situazione.

«Strano a dirsi, ma non hai tutti i torti», interviene Annegret, che ha già tolto la sicura al suo spaccaculi. «Dobbiamo vedere di cosa si tratta, organizziamo una squadra, gli altri restano qui. Chi viene con me?»

«Roba da non credere, *una troia da corpi speciali...* un sergente che mette sull'attenti squadroni di cazzi; ecco perché quei bastardi della Milizia venivano volentieri a scopare da voi, *al Bon Bon...* vi intendevate alla grande, eh? La specializzazione è l'anima del commercio, proprio vero», ridacchia Logan facendo il gesto di un pompino col pugno davanti alla bocca.

«Ben detto», commenta il Guercio stringendo i pugni.

Ma dopo qualche secondo di tregua, quel maledetto rumore riprende a tormentare i nervi del gruppo.

BUM BUM BUM BUM BUM BUM BUM BUM BUM. Senza tregua, quasi disperato. Malato.

«Voi due maniaci restate qui, farete meno danni... forse. *Annegret, Zack, andiamo noi a vedere*», propone Oceanne dopo aver spostato Logan dalla propria strada con una spallata. «Mona, tieni questa... magari capita di aver bisogno di far saltare in aria qualche testicolo di troppo, no?», aggiunge porgendo alla donna quella che sembra un'innocua barretta di cereali pre-quarantena, sormontata da un anello metallico. Una delle sue granate 'made in garage', rozza quanto efficace.

«Perché volete farmi fuori? Voglio venire anch'io», dice a muso duro Taison. «Se resto fermo mi scoppia la testa, non voglio pensare», spiega con gli occhi lucidi.

«Mmmmm, non so, forse è meglio che resti qui a fare la parte del maschione, visti quei due... proprio una bella coppia... e Vouvret non mi pare in grado di...», risponde Oceanne.

«Lascialo venire, ci penso io qui, andrà bene», interviene Mona sorridendo e stringendo la granata tra i denti. «Non dimenticare che c'è Grace, e la leonessa diventa feroce se succede qualcosa, lo sai, no?»

«Ehi, abbiamo anche una pistola anti-stronzi», sogghigna Dakota sollevando la maglietta e mostrando il calcio di masonite verde della Glock Zip244 che le spunta dalla cintura. «Stronzi di ogni tipo, intendo», aggiunge, facendo l'occhiolino al Guercio.

BUM BUM BUM BUM BUM BUM BUM BUM BUM.

«Cazzo... se l'accordo è fatto, donne, è meglio che ci muoviamo», tuona Zack invitando Oceanne, Annegret e il Nero a seguirlo. «Se saremo fortunati, troveremo la cazzo di cantina di questo posto.»

I quattro lasciano l'Area Alloggi del Bunker, tornando verso la diramazione della galleria principale, che subito riaccende i suoi gelati occhi azzurri, per poi dirigersi verso il settore di sinistra, dove, per logica, dovrebbero trovarsi i laboratori dei quali aveva parlato Jackson. Tre quarti della galleria sono sigillati da un varco blindato sormontato da una struttura a variazione ambientale, con i suoi piccoli rosoni di eliche e i grassi capitelli dei motori di pompe termoioniche, soffocati da tempo dall'inerzia del luogo.

Quel tubo di acciaio lungo almeno quattrocento metri, senza fuga, il tunneling della galleria, la sua misteriosa, rigida arteria, somiglia a una delle vecchie gallerie del vento, almeno osservando dall'esterno, comunque non pare poter essere quella la zona adibita all'area tecnica del Bunker.

BUM BUM BUM BUM BUM BUM BUM BUM BUM.

Zack, senza tentennare, imbocca subito il budello che porta al settore di sinistra della struttura. Le orecchie gli hanno suggerito che sembra essere quella la sorgente dell'insopportabile rumore, quello sbattere ritmico, seriale, un tribale SOS che fa pensare alla presenza di un'intelligenza non artificiale, là dentro, da qualche parte, e ad arti, muscoli, attrezzi e veleno di sopravvivenza che si uniscono in una sinfonia inquietante, qualcosa che stona in quell'ambiente apparentemente privo di coscienza, sia umana che animale, a parte i cervelli e i cuori del gruppo di fuggitivi, ora inscatolati in quel mistero grande, grosso e blindato.

Annegret raggiunge Zack e lo affianca sollevando la testa del suo spaccaculi, facendogli voltare il collo a destra e sinistra, in continuazione, mentre Oceanne e Taison, che ha raccolto una sbarra di meranio e la brandisce come uno spadone, seguono a qualche metro di distanza, osservando le pareti di quel condotto che sembra stringersi sempre più sulle loro spalle. Ma forse è solo un'impressione.

BUM BUM BUM BUM BUM BUM BUM BUM BUM.

I quattro, dopo essere avanzati nel budello, sbucano fuori e un'immaginaria mannaia gli mozza il fiato di netto, quando comprendono di trovarsi nella vescica di acciaio, nel vestibolo di una sorta di Cappella Sistina apocalittica che si scorge, parzialmente, dal rettangolo del visore temperato di un portello interno, sigillato davanti alla loro faccia bianca.

Schizzi di sangue, in trasparenza, là sopra. Il settore dove si trovano adesso, che da quanto hanno visto dall'esterno, la panoramica della grande Y dal cumulo di rifiuti, dovrebbe essere gemello dell'altro, come grandezza, all'area dove sono rimasti gli altri, è disposto all'interno in modo completamente diverso. Niente ics di corridoi e stanze ai lati, niente ingresso con mosaici di storage alimentari. Quello che intravedono tramite la piccola apertura del visore, tra brandelli di organi appiccicati, simili a insetti schiantati sul parabrezza di un'automobile, non è altro che un'immensa biblioteca di corpi umani immersi in cilindri di cristallo che mostrano toraci in formazione, volti distorti e ancora disassemblati che guardano di sbieco l'orlo del pozzo nero, muscoli e membrane esposte che friggono nel liquido blu del loro contenitore, pezzi di carne con un cuore attaccato e tanta altra roba che manca, crani a cielo aperto che pensano in perpetua ebollizione, ossa ricoperte a metà da uno strato grezzo di pelle, tette esplose e ridotte a icone di orchidee viola dalle punte a stella, tranci di alternativi viventi, uomini e donne, dal motore ancora immobile, mai startato.

Morte e vita in trasparenza. Samsara al quadrato.

Un Giudizio Universale 2.0 sottovuoto e curvato, dipinto con la stessa tonalità di blu dello sfondo michelangiolesco, ma liquido e in frittura, semi-umani dentro capsule di immersione che fanno da nuvole eretiche con pompe e motori deionici sotto al culo, sospese nella magia antigravitazionale del sistema di stoccaggio magnetico degli scaffali della biblioteca dei non ancora vivi. Ma non c'è un sopra e un sotto, una terra di miseria e un cielo vendicativo che la sovrasta col tallone divino, è tutto uguale e seriale, ogni fila e comparto di quell'ordinato scempio. Al centro, sul pavimento a conca, si scorge un'ostrica gigantesca, laminata in perotlex, con le valve spalancate, ripiena di un sugo giallo dalla superficie ormai solidificata: la crosta di un brodo umano, di una placenta elettronica. Dà l'idea di un pentolone da forgia, dove forme e parti elementari vengono cotti e poi estratti per essere assemblati in qualcosa che abbia senso, vita, e forse somiglianza con lo chef-demiurgo che manca all'appello, là, col suo frullatore a immersione, il cucchiaio da mescola per girare quel minestrone di anime, e la ricetta di Gesù Cristo scarabocchiata sul camice da macellaio.

L'ostrica-forno è circondata da un mattatoio di corpi sbranati, di teste, fegati, spezzoni di gambe, anguille di budella, cosce e glutei tempestati di crateri di sangue secco, nidi di casse toraciche aperte come scatolette di tonno, che ricoprono quasi integralmente il lucido pavimento. Mosaici in rilievo con geometrie di morsi, sono i resti di ciò che dovevano contenere le capsule di cristallo rotte, che come denti mancanti rovinano il sorriso trasparente, a dieci noni, di quella macabra area vomitata dall'immaginazione all'assenzio di un surrealista spiantato, che qualcuno deve aver chiamato, tempo fa, laboratorio.

Qualcuno, là dentro, deve aver avuto una cazzo di fame.

BUM BUM BUM BUM BUM BUM BUM BUM BUM.

Di nuovo quel rumore, i quattro spingono la faccia sul visore per vedere all'interno, ed è Oceanne la prima a individuare la sorgente di quel tormento, esprimendo le sue emozioni con un semplice *Porca troia* che le scivola sul mento, lasciandola a bocca aperta. Una capsula in basso, nella sezione sinistra della biblioteca vivente, esplode in mille pezzi, rigurgitando carburante blu e un corpo formato fino alle ginocchia che si rovescia sul pavimento mattonato da altri pezzi di corpi rosicchiati, in stato di decomposizione. Qualcosa lo trascina subito per le braccia, finendo fuori dal campo visivo di Oceanne, che torce il collo per riuscire a vedere qualcosa di quell'ombra rapida che ha attraversato il campo di battaglia come una saetta affamata.

Ecco cos'erano quei colpi, e il risultato del silenzio che li segue. *Rompere le capsule di cristallo e arrivare al loro contenuto.* Mangiare, probabilmente. E là dentro, con tutto quel cibo inscatolato, abbastanza da nutrire una piccola città per diversi mesi, quella creatura, quel divoratore di pseudo-cadaveri, potrebbe andare avanti all'infinito, a battere, rompere e mordere, almeno finché il pavimento di carcasse non avrà raggiunto il soffitto della struttura, e allora sarà difficile pescare in quel mare di avanzi.

6
KILLER VENUS

TRASH VORTEX 147

«Una scena schifosa, meno male che non avevo bevuto niente, altrimenti avrei vomitato anche l'anima», racconta Zack ciucciando nervosamente il collo della borraccia di tequila, come fosse un'amante di vecchia data. «Questa non è una base abbandonata, è la gabbia di quel mostro...»

«Già, se la sono squagliata tutti e l'hanno lasciato là dentro, con viveri per una vita... che schifo», rafforza Oceanne, abbracciando Mona, visibilmente turbata dal racconto dei quattro.

«E quindi che avete fatto? Vi siete cacati sotto dalla paura e basta?», chiede Blanca.

«Ma che aspetto aveva la... *creatura*? Possiamo chiamarla così, no?», aggiunge Valeria scuotendo le tette e la collana di perle di dilitio troppo corta per la sua dotazione di cisterne da latte. «Scommetto che queste non ce l'ha però... tu che ne dici, mago delle serrature?», sghignazza, facendo strozzare Rompighiaccio.

Dakota invece se ne frega, resta sulla branda a canticchiare Kozmic Blues di Janis Joplin, crucciata per un'unghia spezzata.

«C'è poco da scherzare...», replica Annegret alle colleghe dalle chiappe troppo allegre. «Ce ne siamo andati, regolare, oppure avremmo dovuto aprire il portello per una visita di cortesia? C'erano già abbastanza carcasse là dentro. Non ne servivano certo altre.»

«Dovreste vedere anche voi», aggiunge il Nero scuotendo la testa. «Non possiamo restare qua, se quella bestia sente l'odore di carne fresca, quella vera, e trova il modo di uscire da quella trappola...»

«Ehi, *Miles Davis*, ma che ti sei cacato pure il cervello?», ringhia Logan con la schiuma alle labbra. Sono troppe ore che non si spara in vena i corridoi fantasma della Cloud1 e inizia a dare di matto. «E dove dovremmo andare secondo te? Vuoi fartela a nuoto, a fare da esca per qualche pesce dalle mandibole incazzate, o per le squadriglie di cani da riporto dei bastardi della Milizia? Con quella bambina dietro ci staranno per sempre alle calcagna…» Si volta verso Grace, scrutandola come un avvoltoio, per poi chiudere in malo modo: «Siamo condannati, grazie a lei.»

«Tossico, hai già parlato troppo… ti serve un pit-stop della tua roba, i cessi sono laggiù, e fattela passare presto», interviene Zack offrendo la borraccia a Oceanne.

«Non bevo quella roba, lo sai. Si rischia di strozzarsi…», gli risponde lei pronta a battagliare, squadrando Blanca e Valeria che si mangiano con gli occhi il suo impacciato compagno. *Cosa cazzo vogliono, farsi una degustazione di testosterone, così, tanto per cambiare?*, pensa furiosa

«Il negro ha ragione però», sputa fuori il Guercio. «Se la storia della bestia è vera, saremo fottuti, in un modo o nell'altro. Meno male che doveva essere *un posto sicuro*… siamo in trappola insieme a quel mostro, in questa cattedrale di acciaio su una pattumiera galleggiante. *Bella scelta, professore!*»

«Negro a chi?», scatta Taison, trattenuto per la maglietta da Mona, che decide di mettere ordine in quel casino.

«Prendiamo tutti un bel respiro, okay? Allora, azzeriamo tutto. Dobbiamo accertarci che la gabbia della bestia sia davvero sicura, che non possa uscire da là in nessun modo. Fatto quello, sopporteremo con filosofia quel maledetto rumore. Jackson avrebbe detto le stesse cose… le sentirete dalla sua bocca quando ci raggiungerà, ecco. Questione di giorni, andrà bene, se evitiamo di scannarci a vicenda.»

BUM BUM BUM BUM BUM BUM BUM BUM BUM.

«Eccolo che ricomincia; Cristo, ma ha sempre fame?», commenta il Guercio. «Dev'essere un portento, voglio vederlo. Mi servirebbe proprio una guardia del corpo come quella, con i controcoglioni e tanti denti.»

«Mona ha detto di piantarla, e io sono con lei», interviene Rae con gli occhi spiritati e la piccola Annapurna in braccio, che sorride al lobo della madre, da cui pende un orecchino a forma di farfalla. «Le bambine devono mangiare adesso, e poi dormire… insomma, Grace farà il suo solito viaggio, chiaro… Organizziamoci con i turni di guardia per stanotte, e domani controlleremo quella benedetta zona. Volontari?»

Rae, una donna che parla poco per essere una puttana, con due parole riesce a riportare la calma nel gruppo. Forse la sua forza, il magnetismo che sprigiona, risiede in quegli occhi così profondi, densi, dove devono essere affogati dei sogni, tempo fa. Eccoli, ancora: due pozze di vernice verde che ti fissano, con la superficie mossa dal jazz della disillusione. Una donna che deve intendersene di carcasse, di roba morta, di dolore. Non si nasce in un posto come il Bon Bon, non si nasce con le cosce aperte e il culo a noleggio, non si sceglie di tenere una figlia in grembo nonostante tutto, pompandogli le speranze rimaste, in un salasso quasi mortale. Rae, così semplice e minuta, ha tanta roba dentro da sembrare un gigante.

«Comincio io», fa un passo avanti Zack. «Due ore me le faccio volentieri, così finisco di bere in pace.»

BUM BUM BUM BUM BUM BUM BUM BUM BUM.

«Okay, ti do il cambio io grand'uomo», squilla la voce di Dakota, che prende a carezzare il manico della sua Glock.

«Andiamo bene, una puttana di guardia e un mostro in giro. Sarà una bella nottata», grugnisce Logan allontanandosi dall'ingresso, abbandonando per il momento il ring dello scontro, seguito dall'ombra scura del Guercio.

Vouvret, lo spettro dai capelli dritti del gruppo, col suo inadeguato completo grigio da cerimonia, l'uomo che fino a qualche ora prima era un apprezzato scultore, massaggia le spalle di June senza parlare, immaginando di plasmare, con le dita esperte, due ali là sotto, sulla schiena della moglie, abbastanza grandi per poter fuggire via insieme, magari volando in retromarcia e tornando indietro nel tempo, a quella vecchia vita che sembrava tanto orribile.

Notte fonda. È il turno del Guercio, che si consuma le suole delle scarpe camminando in cerchio, cercando di scappare dalla tenaglia della sua ossessione, che schiaccia forte, troppo forte.

Quelle troie hanno aperto le cosce ai miliziani, tutte quante, e adesso io dovrei fare loro la guardia, a quei clitoridi marci. E quella ragazzina chissà da dove viene fuori, dallo scroto disinfettato di uno dei bastardi del laboratorio... certo, sono sempre i medici quelli che usano meno precauzioni, già. E chi lo dice che anche le altre non siano contaminate allo stesso modo, gli si gonfierà il ventre, e tra qualche mese sputeranno fuori altri pezzi di carne della stirpe dei sadici. Embrioni da affogare nell'acquario di acido solforico, quello di Tacia, lo stesso, A213. Vederli cuocere nella gazzosa sperimentale, coi loro testoni troppo grandi e il codice a barre della Milizia stampato tra gli occhi da vitelli. Oh, mi viene duro solo a pensarci, un jazz di bollicine, di disintegrazione, meglio di un calcio in culo al nulla del vecchio Coltrane, quando la mattina ti uccide più della notte, con geometrica precisione. E devi andare avanti lo stesso, con un occhio solo e i piedi di pietra. Dio, se solo avessi un lanciafiamme... Però c'è la bestia, dovrei iniziare a farci amicizia.

Il Guercio prende lo zaino di Rompighiaccio e si incammina verso l'Area Laboratori, fischiettando.

BUM BUM BUM BUM BUM BUM BUM BUM BUM.

Eccola, non dorme mai, pensa lui fregandosi le mani. *Vediamo che faccia hai, sono sicuro che andremo d'accordo, ci capiremo; le bestie hanno il cuore puro. Sei affamata? Beh, ti ci vuole uno spuntino di mezzanotte. Crudo di puttane.*

Arrivato al portello dell'Area, dopo aver percorso il budello del corridoio, si ferma davanti al rettangolo del visore. Le luci all'interno sono spente, come programmato dal sistema; non si vede niente, anche se la puzza dei gas di decomposizione riesce a infilarsi nelle fessure e arrivarti addosso. Zolfo, vaniglia di grasso cotto, distillato piccante di microbi intestinali e anima, tabacco di dolore e muschio di grida, tutta la gamma del macabro, unico bouquet di quella staffetta sensoriale dalle unghie affilate: l'alito della sepoltura a cielo aperto.

Il Guercio scruta la pulsantiera sulla destra e prova a premere qualche pulsante. Quando spinge quello giusto, l'ultimo in basso, una sequenza di scatti e stantuffi, una sorta di scalpitio di zoccoli elettronici, accende il sistema di illuminazione, scaldando subito le celle blu disposte a croce sul soffitto della gigantesca sala. Ora la Cappella Sistina apocalittica si mostra in tutta la sua orrida bellezza, ed è come avevano raccontato gli altri, più o meno.

Prova a pulire col gomito il rettangolo dell'apertura, per vederci meglio con l'occhio buono, ma la superficie trasparente è sporca dall'interno; dovrà guardare schivando schizzi di sangue, ratatouille di organi spremuti e violacei grumi inesplosi che imbrattano buona parte dello spazio visivo. *Ma dov'è la bestia?*

«Ehi, fatti vedere», sussurra lui avvicinando il grugno affilato da corvo sempre più vicino.

«Non temere, vengo in amicizia, voglio farti assaggiare qualcosa di buono, meglio di quella robaccia che ti hanno lasciato. Carne fresca, *carne vera...*»

Quei quattro devono aver sognato, pensa il Guercio, perché pur allungando il collo in tutte le direzioni non sembra esserci anima viva là dentro, a parte il pavimento di carcasse di assemblati umani non finiti, e quell'alveare di capsule a più livelli, piene di sangue blu di annata, dove sono imbottigliati esseri umani a crescita accelerata. Ma la fabbrica del laboratorio deve essersi fermata e il processo non è stato completato. Quelle creature in stasi somigliano più a frattaglie di vite abissali, a tentacolati, grotteschi pezzi di mosaici subumani, che a persone. Orrore en plein air, immobile. Nature vive e morte nello stesso tempo, pesche di muscoli in cesti di casse toraciche, su un tavolo rotondo di cuoio di glutei, con la tromba di Cezanne che spunta da un culo mai usato e che brilla dell'oro del silenzio.

Sperimentazione... ecco cosa possono farne di piccoli embrioni inoffensivi... mostri senza cervello, pronti a indossare grembiuli verdi da laboratorio, e quelle troie sono in grado di produrne sciami, eserciti di bastardi. Senza uteri, fiche e uova di femmina, l'Eldorado plastico di questi scienziati sarebbe fottuto, inutile. Ma qui qualcosa è andato storto lo stesso, a quanto pare.

STUMP!

Eccola la bestia, che emergendo dal nulla schiaccia il muso sul visore, facendo fare al Guercio un salto indietro dallo spavento.

«Cristo! *No, non volevo... non andartene, resta là. Mi vedi?*», chiede lui riavvicinandosi cautamente all'apertura e attirando l'attenzione della creatura indicandosi la faccia con gli indici. «Mi vedi?», ripete.

La bestia finalmente rivela il suo aspetto, a mezzo busto. È una femmina, le tette non mentono... un'amazzone di quella specie eretica forgiata dall'accelerazione forzata. Un embrione col turbo. Sembra disegnata dalla mano di Picasso, con gli angoli eretici e le linee oblique del viso a donarle una immobile tridimensionalità, un movimento seriale senza muscoli, senza collo; forse è una delle tre Demoiselle D'Avignon, scappata dalla tela, dal cubista bordello su cui è stata inchiodata. I suoi lineamenti allungati ricordano una maschera Fang, con la forma a foglia e il lungo mento a punta; l'ispirazione archetipale. Ma quella Venere apocalittica non ha mai visto l'Africa, il primo nido di tutti, tantomeno savane, foreste e lucertole viola e blu. Il suo continente rettangolare non possiede altro che alberi d'acciaio, condensatori di stelle e termitai di capsule, un pavimento di carcasse, di formiche rosse troppo grosse schiacciate, e un portello blindato con un metro quadrato di vista sul mondo esterno, un microcosmo vetrato senza senso, anche quello: la testa triangolare, la terminazione del corridoio a sonagli di un bunker avvitato su un'isola-discarica.

Ma il buon Picasso doveva aver bevuto troppo, davanti a quella tela immaginaria, a quella prigione di linee sghembe e colori senza portelli, oppure là nel Gabon la tribù dev'essere stata fulminata da una pioggia bollente, durante l'ultima produzione di maschere cerimoniali, rimaste incomplete e ancora da farcire di magia. Sotto le pronunciate arcate sopraccigliari la creatura non ha occhi, e tenta di cercare la direzione delle parole dell'uomo muovendosi a scatti, a destra e sinistra. Una Venere cieca, con labbra blu sporche di sangue dello stesso colore. Non ha mai sentito una voce, prima di quel momento, anche se in quel mattatoio ha assaggiato gole e involtini di corde vocali, ingoiandone gli echi di cose mai dette. Non ha nemmeno mai sperimentato una vita in essere, oltre i silenziosi scarabocchi imbottigliati nelle capsule.

«Hai fame, vero? Ti farò assaggiare qualcosa che si muove. *Cacciare*, capisci?», il Guercio tenta di comunicare col mostro, e ne scruta le reazioni

KRAAAAAAAAAA KRAAAAAAAAAA KRAAAAAAAAAA.

La Venere apre la fauci e questo è tutto quello che riesce a far uscire dalla gola. Ma all'uomo basta, come risposta. Tanto la sua anima è da tempo connessa alla realtà solo a intermittenza, e il suo amato lanciafiamme, la vendetta dalla lingua rossa, gli brucia dentro. Potrebbe pisciare fuoco, insieme alla rabbia.

«Bene. *Cacciare. KRAAAAAAAAAA.* Come cazzo ti pare, mi sta bene. C'è parecchia carne di femmina, qui; posso farti uscire e mostrartela. Ehi, guarda qui, non distrarti. *Cacciare. KRAAAAAAAAAA. Fiche»*, tenta di spiegare alla creatura, aiutandosi con dei gesti, alla fine unendo indici e pollici per simulare una vagina sospesa davanti al naso.

«*Fiche.* Buone da mangiare! *KRAAAAAAA.*»

TRRRRRRRRRRR TRRRRRRRRRRR TRRRRRRRRRRR, risponde la Venere apocalittica, facendo frusciare la lingua sul palato.

«Ecco. *Fiche,* brava. *TRRRRRRRRRR.* Cacciare, *KRAAAAAAA,* se vuoi uscire da là.»

La creatura abbassa il capo, sembra osservare il proprio corpo senza occhi, e per la prima volta pensa a come è fatta, là sotto le tette viola, lasciando scivolare l'immaginazione fino all'ombelico e poi al glabro pube, che inizia a sfiorare con le dita magre, senza unghie, divaricando le grandi labbra della vagina, lasciandole saggiare l'aria condizionata, sentendosi rinfrescare dentro; *consapevolezza di clitoride.* Soffia dal naso una sorpresa di piacere, e rialza il viso verso l'uomo, la voce dall'altra parte del portello. Quella del fantasma che è venuta a cercarla.

«Esatto. Proprio quella. *TRRRRRRRRRR. Fica.* Sentimi bene. Cacciare, *KRAAAAAA,* se vuoi uscire da là», insiste Ulysse, convinto di riuscire a dialogare con l'ape regina di quell'alveare morto.

Poi il Guercio si toglie dalla spalla lo zaino di Zack, ci fruga dentro e trova la sanguisuga elettronica che cercava, quell'apparecchio capace di aprire in pochi secondo il portello esterno del bunker, sigillato a prova di una seconda Uxor, magari la sorella del meteorite, pronta a seguirla in quel balzo planetario e sedersi col grosso culo in mezzo all'Oceano Pacifico, facendo ribaltare megattere e partorendo scariche di tsunami.

Vediamo come funziona quest'affare, pensa armeggiando con quel passepartout a ventose. La scatoletta nera di Rompighiaccio si attiva subito, succhiando nelle estremità dei suoi tentacoli trasparenti i dati di connessione, le variabili e i gradienti, illuminando una barra di status sul groppone che materializza il conto alla rovescia: 33%, 49%, 62%, 99%. Un click e una sequenza a impulsi, simile ai singhiozzi del sonar di un sommergibile, preannuncia lo sblocco della serratura del portello della Cappella Sistina. I sigilli *warning* saltano via dai cardini come coriandoli gialli, mentre la ghiera centrale pressurizzata del meccanismo ruota su se stessa, fumando il freddo dell'artico e scottando la faccia del Guercio, costretto a farsi indietro di qualche passo. Il portello si apre, dopo chissà quanto tempo, e il fetore che ne esce assale lo stretto corridoio, diramandosi ovunque come uno spettro verde dai denti marci. Ulysse si porta un fazzoletto alla bocca, e aspetta che quel fumo svanisca per veder apparire la sua principessa dentata. La bestia. *Saprà come trattarla?*

Allunga una mano nella tasca dei pantaloni ed estrae un sistema ludico portatile. Clicca l'icona Play, e dal minuscolo apparecchio olografico si versa nell'ambiente *My Favorite Thing,* suonata da un John Coltrane alto dieci pollici, che scatta in piedi per replicare se stesso, ancora una volta, nel suo intermittente, immortale letargo che congiunge la New York del 1967 all'anno 16 Post Uxor, tramite una sopraelevata immaginaria, di forme e suoni, che fa da ponte sul vecchio e nuovo mondo. Dove lui può esserci ancora.

Ed eccola, la Venere del Guercio. Lunghi capelli rossi, incredibilmente lisci, il viso dalle prospettive e ingombri spiazzanti, con troppo niente in mezzo alla faccia allungata, per quegli occhi mai formati e la bocca proporzionata dalla quale spunta una fila di grossi denti seghettati. La pelle bianca come una perla d'ostrica, e non potrebbe essere altrimenti se il pentolone di colla umana dalla quale proviene la 'matrice' della sua post-carne è la stessa degli altri martiri della scienza: i mostri imbottigliati nelle capsule ancora integre. Ma le mani, il seno e il pube della creatura sono coperte da una epidermide violacea, che rifrange i raggi di luce che cadono dal soffitto, spezzandoli in due. Così, sembra avere i margini di una stella pronta a esplodere da un momento all'altro.

A differenza delle altre bestiali architetture umane immagazzinate là dentro, parzialmente completate, sbranate o ancora intatte nei loro acquari molecolari, il suo corpo è perfettamente proporzionato, snello e seducente in qualche modo. Non le manca niente, a parte gli occhi e una bocca più umana di quella morsa che le si è formata tra le enormi mandibole. *Bella, in fondo*, pensa il Guercio inclinando la testa per studiare la sua Venere.

Lei resta ferma sul confine del portello spalancato, sembra ascoltare le peripezie del sassofono di John Coltrane. Ma forse è il pianoforte, adesso, a farle muovere appena il capo. *My Favorite Thing.*

TRRRRRRRRRRR.

«*Fica?* Sì, la tua, la vedo... *sei bellissima.* Stasera danzeremo insieme. Vieni da me adesso, seguimi. Ricordi? *Mangiare...* *KRAAAAAAA. Cacciare.* Ora è il momento, sei libera. C'è parecchia carne fresca qui vicino... di troie con la passione per le mimetiche e i grembiuli da laboratorio, beh, insomma... è comunque roba fresca, te l'assicuro, e viva. Tu li hai visti quelli coi grembiuli verdi, no? Qui ne sarà stato pieno... dei tuoi dèi sadici. *Uomini cattivi. Prenditi le loro spose, adesso.*»

Ma la Venere apocalittica si mette a quattro zampe, annusa l'aria, aspira nelle narici il profumo di maschio vivo, là a pochi metri. Quello del Guercio, della voce che la continua a chiamare.

TRRRRRRRRRRR TRRRRRRRRRRR TRRRRRRRRRRR.

«No, non questo... Dobbiamo andarcene da qui, andare *a caccia. KRAAAAAAA.* Hai fame, no?», sussurra preoccupato il Guercio, con sul palmo la miniatura di Coltrane che continua a suonare un'assurda serenata a un mostro, un'amazzone che sta pisciando umori sul pavimento. «Cristo santo, non vorrai mica… *scopare?*»

Killer Venus di colpo balza in avanti con la chioma rossa dei suoi coralli da guerra aperta a raggiera, e atterra di prepotenza sull'uomo, schiacciandolo a terra e sbavandogli sulla faccia. *TRRRRRRRRRRR.*

«No, ti prego, non…», ansima lui, mentre sente le unghie della bestia stracciargli i pantaloni e la maglietta, ferirgli la pelle con graffiti di sangue a zig-zag, per poi affondare con curiosità tra le gambe, sul suo pene floscio come una lumaca. Ha il profumo di libertà il cazzo di un fantasma, qualcosa di vivo dopo anni di manichini di plastica vitaminizzata senz'anima, senza erezione, senza musica… e se fosse solo un sogno, che importa?

È il momento dell'assolo di Coltrane, e delle Venere che monta quel pezzo di carne viva, mettendoselo dentro la bollente ostrica viola. La natura sa suggerire sempre, in qualsiasi orecchio, *dove* vanno certe cose, lumache o bisce, anguille o bastoni irrorati di sangue, roba viva che pulsa energia, in grado di spegnere gli incendi senza fiamme, quelli che senti dentro, attizzati dal nulla, di deserti mai esplorati, di vulve accelerate, di tempeste di ormoni prefabbricati. *TRRRRRRRRRRR.*

Killer Venus, mentre scuote la schiena per sbattersi il Guercio, scopre di sapere animare un nuovo verso, quasi disperato stavolta, *SSSSSSSSSSSHHHHHHHHHH,* quello del piacere, dell'orgasmo, dell'esplosione di una mina in profondità. Non importa che il fantasma non ce l'abbia duro, ormai la bestia ha imparato come si fa, solo annusando le mappe dell'istinto. Ha ancora voglia, e strappa un braccio al Guercio per ficcarselo dentro e finire il lavoro, mentre l'uomo, gettato da una parte, grida schizzando quel suo strano sangue rosso di vecchia generazione.

SSSSSSSSSSSHHHHHHHHHH, geme la creatura, mentre affonda l'arto dentro di sé. Ora va decisamente meglio, ma la musica di Coltrane si interrompe di colpo. Il pezzo è terminato, e l'ologramma jazz viene risucchiato di nuovo nella tomba, nei blocchi di memoria del sistema ludico di Ulysse, finito in fondo al corridoio. Lei allora alza il capo, getta via il vibratore di carne e si avvicina al Guercio, che trema contro la parete fredda del corridoio. *KRAAAAAA.*

«Danzeremo insieme, ti prego…», mormora lui come un'ultima preghiera, ma sa già che il suo destino è segnato, quando le file di denti della sua nuova fidanzata gli scattano sulla gola come tagliole.

Queste puttane, pensa, *tutte uguali, impossibile domarle… bestie, troie o donne col grembiule verde. Se solo avessi il mio lanciafiamme…*

Poi i morsi recidono i cavi rossi e interrompono la trasmissione. Ulysse non sente più dolore, finalmente la sua testa è libera dalle filastrocche della triste follia che lo ha ipnotizzato. Si trova a nuotare in un frizzante oceano blu e ha di nuovo due occhi, come prima. Tacia, la figlia fritta nei laboratori della Milizia, l'aspetta sul fondo, seduta dentro un'ostrica, e gli fa l'occhiolino. Lui sbatte forte le gambe e si immerge fino a lei, la raggiunge, l'abbraccia. Ma non stringe nulla, solo acqua, le valve si richiudono di scatto e sente un immenso piacere, e poi dolore, in mezzo alle gambe. Prima di crepare, ed essere lanciato nel pozzo nero, Killer Venus gli ha staccato l'uccello con un morso d'amore. *SSSSSSSSSSSHHHHHHHHH.*

La creatura fiuta l'odore di altra carne fresca, là fuori è pieno di nuovi aromi da inseguire. Si proietta nel corridoio, raggiunge velocemente la diramazione della grande galleria, e sa bene dove andare. L'obiettivo è l'Area Alloggi, ormai sguarnita dal custode dal pene floscio e il sapore piccante dell'ossessione. Dopo aver leccato una coppia degli storage alimentari dell'ingresso, che sanno solo di allutex, col suo radar primitivo che scannerizza e categorizza ogni cosa con la lingua, procede verso la ics che segmenta le stanze, sempre più stordita dai tanti input viventi che le mordono i sensi come piranha iridescenti, costringendola a far scattare la testa da ogni parte, continuamente presa all'amo da qualcosa di nuovo, dalle scie invisibili delle prede: il profumo di mango di Dakota, giù in fondo, e la rimembranza della colla del pentolone della forgia umana della servo-tinta sulle unghie dei piedi della ragazza; il lezzo di latte acido e il miele di cellule nuove di Annapurna; l'umidità del pozzo nero, brina macabra, sulla pelle spenta della piccola Grace che sogna di scalciare nel vuoto senza muovere davvero le gambe fisiche; l'acido acetico e il succo di ananas dei recettori dalle antenne lunghe di Annegret, così vicini, condensati nel carburatore della sua chimica da combattimento; il sudore, gli umori traslucidi e i super-zuccheri di ghiandole dell'uretra che colano dalle botole aperte tra le cosce di Valeria e Blanca, con le loro bocche impegnate in un succhiante sottosopra; l'assenzio di testosterone che gorgoglia centrifugato nella gola di Zack, che russa a bocca aperta; l'arancia fresca della pelle di Oceanne e la colonia di latte di Mona, che stringe un lenzuolo d'ombre a forma di Jackson, e poi tanta altra roba. Non si sentono gli odori e i sapori medicinali, le varecchine e la frittura di tabasco dei sadici col grembiule verde, là dentro, gli unici esseri umani completi che la creatura abbia mai visto, e nemmeno dei loro agrodolci Bloody Mary di embrioni e succo di pomodoro blu, spumeggianti vite di mezzo da alambicchi-vibratori da concepimento.

Il risucchio di uno sciacquone, un vortice improvviso, attira e capitalizza i sensi dell'odalisca dentata. Vengono dal locale centrale, lo spartano cesso, dove tra due file di lavandini dalla lingua larga di ceramide proviene un segnale rantolato: *AAAAAHHHHHH, ci voleva, cazzo*. Logan si è appena sparato una dose di Cloud1, e come al solito gli è venuto duro. *Il Guercio è sparito, bene, è il momento di far lavorare una di quelle troie*, pensa lui, rosso in faccia, mentre armeggia con uno spray narcotizzante appena sfilato dal cubo di pronto soccorso. *Forse basterà questo... dritto in bocca*, riflette, come fosse il Dictator delle vulve. *Scegliamo una bella addormentata da riempire, adesso. Magari quella lesbica dalla lingua di serpe, sarebbe divertente, e di sicuro ce l'ha bella stretta. Anche se il culo della piccoletta, Dakota...*

La Venere cieca individua la posizione dell'uomo, e mentre si avvicina si lascia sfuggire un *TRRRRRRRRRRR* dalla bocca armata; le è subito tornata in mente la serenata di Coltrane e la lumaca del Guercio. Buona, e fa bene.

Una raffica dello spaccaculi fa saltare tutti giù dalle brande. Annegret, alle spalle di Killer Venus, ha aperto il fuoco senza pensarci due volte. «*La bestia!*», grida la Tedesca, e resta a bocca aperta quando la creatura si volta verso di lei come se niente fosse, con un tatuaggio di proiettili sulla schiena e le unghie luccicanti. Le balza addosso coprendo facilmente cinque metri, facendole schizzare via dalle mani il fedele sputafuoco, coprendole il viso con la sua chioma rossa, dello stesso colore del sangue che si spande subito intorno alla sagoma di Annegret. Morsi, in quel collo che urla e poi si inceppa.

«*Cazzo!*», esclamano in coro Zack e Oceanne, per poi gettarsi a terra quando sentono fischiargli vicino alla testa altre pallottole. Dakota ha preso la mira e sta facendo cantare la sua Glock, quella per clienti recalcitranti a pagare, la sua amica anti-stronzi. «*Adesso li sentirai arrivare. Crepa!*» Tre buchi sulla testa dell'odalisca mangia-carne, detto e fatto, che molla la preda ormai sbranata, Annegret, che ora ha una medusa spappolata al posto della faccia, per alzarsi di scatto e mostrare le trecce di sangue blu che le pendono dai capelli. Per un momento Killer Venus perde l'equilibrio e finisce con la spalla contro la parete, che la tiene in piedi. Ferita, certo, ma ancora viva… e affamata. Lo fa capire subito: *KRAAAAAAA*.

Zack scansa Oceanne, facendole cenno di mettersi al riparo, e raggiunge Dakota che sta scaricando sulla creatura barcollante la sua anti-stronzi, mirando là dove dovrebbe esserci il cuore. Ma le mani le tremano, e finisce per bucherellare lo stomaco e la gamba destra del mostro, oltre parte dell'arredamento minimalista dell'area, di economico laminato di morblix riflettente, che specchia spruzzi di sangue, moltiplicando il mattatoio.

Quando Killer Venus torna ad avanzare verso Dakota e Zack, che cavallerescamente fa da scudo alla ragazza col suo corpo, pronto a scagliare contro la bestia perfino la sua preziosa borraccia di tequila, l'unica cosa di cui dispone, oltre ai chili di paura che gli stanno facendo afflosciare le gambe, Blanca sguscia fuori e salta sulla groppa della mangia-carne, avvinghiandosi stretta a quella gola che continua a gracchiare il suo monotono *KRAAAAAA*, puntandole i calcagni sui fianchi.

Nello stesso momento parte inaspettatamente all'attacco anche Vouvret, il fantasma si è destato, lasciando la sua incredula June con le mani sulle guance, che le allungano ancora più gli occhi sporgenti da triglia. Il magro ometto si attacca alla gamba sinistra della creatura, e affonda i denti come su un cosciotto d'agnello dei bei tempi andati.

Killer Venus sbava e si scuote, poi si lancia di spalle contro una colonna per togliersi dalla schiena Blanca, quel ragno umano che cerca inutilmente di strangolarla, trascinandosi dietro la dentiera di Vouvret, rimastale attaccata al quadricipite. Lo schianto è forte, e la donna serpente si scioglie sul pavimento. L'odalisca dentata non perde tempo, si volta e affonda le unghie ricurve in quelle tette così bianche, scavando tra le costole, cercando il cuore per dargli una bella stretta. L'istinto guida le sue dita come un evoluto sonar al sangue, particolarmente sensibile ai congegni umani che pompano, e irrorano vita liquida dentro quegli esseri caldi, rumorosi, saporiti.

Blanca spira sotto le ginocchia della Venere mangia-carne, sussurrando l'ultimo *Vaffanculo* della sua esistenza, prima di sentire un buco nel petto, un nuovo vuoto frastagliato dove prima era installata la lavatrice di tutte le cose, con l'oblò della centrifuga dei giorni, uno squarcio nel quale sprofonda la sua consapevolezza. Un crepaccio di carne e ossa, poi più in basso attraverso le sabbie mobili dell'alcol, una densa falda di Southern Comfort, la risata di Janis Joplin e una macchina che sfreccia sull'autostrada, il volante, le gambe di suo padre, i pantaloni calati, una mano che le stringe forte i capelli corti da maschiaccio e una lumaca salata in bocca. Una frenata, i penumatici che gridano e il palo di acciaio di un convettore che accartoccia il cofano. Il parabrezza che si infrange, lei proiettata sull'erba, con la faccia tra margherite ancora jazz, bianche e arancioni, e a un metro appena un mandala nero, il cerchio del pozzo scuro che l'aspetta.

Vouvret, con un brutto taglio sulla fronte, arranca a quattro zampe verso i compagni, raccolti contro una parete, stretti uno all'altro. L'odalisca apocalittica, con polpa di lesbica nelle unghie, sente quel disperato scivolare sul pavimento, lo segue con ancora in testa le nacchere del cuore che ha appena sentito smettere di battere sui propri polpastrelli umidi. Raggiunge il fantasma d'uomo e lo schiaccia a terra. Lo afferra per i capelli sbiaditi, gli solleva la testa in una innaturale angolazione, facendogli scrocchiare il collo, e poi la schianta a terra con forza. *Ancora, e poi ancora.* Il setto nasale dell'uomo, al terzo colpo sul pavimento, schizza indietro come un'inaspettata lama d'osso a serramanico, ficcandoglisi nella corteccia prefrontale, e facendogli annusare, per un istante, l'odore dei suoi stessi pensieri abbagliati, ancora elettrificati dal cervello, e il lezzo della liquefazione dei ricordi, che colano dalle orecchie neri come l'inchiostro. D'ora in poi non scriveranno più niente.

June accorre in aiuto del marito brandendo una ridicola tazza in plexis e la sua disperazione, che ora indossa la livrea d'argento di un barracuda. Ma non le basterà di certo. Taison il Nero si unisce subito a quella inutile carica, rincorrendo la donna e gridandole dietro: «*Fermati! Ferma! Porca troia...*», mentre Oceanne maneggia nervosamente le connessioni di una delle sue granate, ma dovrà fare in fretta. Non importa se crollerà tutta l'area a causa dell'esplosione, probabilmente seppellendoli tutti. Non c'è altro da fare per fermare quell'ira di dio dalle tette viola e la bocca da squalo, prima che faccia fuori tutti, uno dopo l'altro. E infatti il massacro continua e l'odalisca azzannatrice, che non pare nemmeno infastidita dai buchi in testa e dalle pallottole di Dakota nello stomaco, digerite facilmente, accoglie June nella sua stretta mortale.

Un abbraccio senza fine, una spina dorsale che si tende in due come una fionda, fino a spezzarsi e lanciare in orbita l'anima di June, che finisce la corsa cozzando sulla fronte bullonata del satellite UK34T, intento a far rimbalzare in tutta la vecchia Europa il segnale di uno snuff-movie in pay per view. Una fine non così borghese in fondo, più alata della sua esistenza impaurita, scandita dai grani di un rosario e le torte di marmellata e ricotta della domenica, ma per una che credeva in Gesù Cristo, qualcosa di davvero raro nell'anno 16 Post-Uxor, non sarà facile scoprire con i propri occhi che lassù non c'è alcun Paradiso dai cancelli d'oro, ma solo un grande spazio nero, la bocca smarginata del pozzo dove devono entrare tutti prima o poi: puttane, santi, papponi, eroi e psicopatici. Forse, quando sbatterà sul fondo, troverà il Guercio che cerca la strada dell'Inferno col suo lanciafiamme.

Taison affronta Killer Venus con i pugni della rabbia che lo divora, solo per trovarsi, in appena pochi secondi, tramortito sul pavimento, senza pantaloni, con l'uccello dentro l'ostrica viola dell'odalisca che lo sta montando, sibilando di piacere. *SSSSSSSSSSSHHHHHHHHH*. La fica della mantide apocalittica brucia da morire, e lui non può muoversi; sente la morsa dei denti sulla giugulare, potrebbero affondare da un momento all'altro e staccargli la corrente. Ma forse quella vuole scoparselo da vivo, ormai ha capito come funziona: serve far irrorare di sangue quell'organo, se vuole giocarci. Ha bisogno di un cuore ancora in corsa. Ma se al Nero non resterà duro, la morte sarà certa. Ne sanno qualcosa il Guercio e il suo braccio-vibratore, ricoperto di gelatina gialla di umore, rosicchiato da una coppia di ratti inspiegabilmente capaci di sopravvivere in quel bunker sigillato. *SSSSSSSSSSSHHHHHHHHH*.

Nello stesso momento Logan, rimasto chiuso nel cesso per pararsi il culo, sbircia la scena dai settori di cristallo della porta centrale del locale sanitario, digrignando i denti. La Cloud1 è al suo picco, e gli bolle il sangue. Con la coda dell'occhio scorge la sagoma di Rae uscire di soppiatto dalla stanza dove sono nascoste Mona e Grace, adiacente a quella col massacro in corso, e correre scalza, con la figlia in braccio, verso il piccolo magazzino giù in fondo al corridoio.

Vai a nasconderti, eh, pensa il bastardo animando un ghigno sadico. *Bene*. Decide di rischiare e seguire la donna, facendo attenzione a non attirare l'attenzione della bestia, per fortuna indaffarata a fottersi il Nero. Percorre il corridoio attaccandosi alla parete come un'ombra, spostandosi lentamente, con in una mano la bomboletta di narcotizzante S4 e nell'altra i testicoli gonfi che stanno per esplodergli nelle mutande. Rompendo gli ultimi indugi, allunga un passo ed entra nel magazzino. La luce è spenta, e non si vede nessuno tra le cataste di valvole deioniche e le matasse di cavi plettrici che presidiano l'area centrale dell'angusto locale, insieme alle colonne trasparenti di pallet di bottiglie d'acqua. Le pareti ospitano file di armadietti in metallex senza combinazione palmare; contengono roba di poco conto, lenzuola, droni igienici simili a grossi granchi appiattiti, annegati d'aria, tradizionali torce a pila elettrica, pack di polvere di proteine e contenitori vuoti. Il bastardo si stanca presto di giocare a nascondino con quella troia, sbatte lo sportello dell'ultimo armadietto controllato, prende un bel respiro e cerca di domare i corridoi della Cloud1 che stanno facendo giravolte nelle sue arterie, come fossero in un biologico luna park. «*Dove sei bellezza?*», sussurra dolcemente, nonostante la lingua gonfia.

«*Cristo santo... Logan*, sei tu? Mi hai quasi fatto prendere un colpo, pensavo fosse quella... *cosa*. Ma che ci fai qui? Vattene o nasconditi anche tu, altrimenti ci farai ammazzare... *Attirerai la bestia!* Annapurna è qui con me, le ho detto che stiamo facendo un gioco», gli risponde ingenuamente Rae dalla parete opposta, rivelando il suo nascondiglio: quinto armadio a sinistra, sulla parete lunga a fianco della porta a scorrimento orizzontale.

«Anch'io ho voglia di giocare, che credi?», ridacchia Logan, avvicinandosi alla preda, ubriaco di super-droga e visioni assurde di deserti immaginari, costellati di cactus di vulve iridescenti, con due grosse chiappe di dune rosa all'orizzonte che tengono stretta una luna, il loro sole a gettone pronto a entrare nella fessura e spegnere il giorno. Gli stessi armadietti, che ora il bastardo torna a inquadrare, in una breve pausa di allucinazione, cambiano forma, mutano in lingotti di carne ricoperti di vagine pronte all'uso, che aprono e chiudono le labbra in una sequenza inebriante.

«Ma che cazzo dici, *sei fuori?* Ehi, Logan, dove sei?», replica senza fiato Rae, poco prima di veder spalancare di colpo lo sportello del suo armadietto e spuntare la faccia del tossico, con i suoi occhi immersi nel carburante sadico che lo colma. Orbite e labbra blu, e il fiato da cadavere. Ma il lurido incontro dura poco, Logan le spruzza sulla faccia il narcotizzante, spegnendole la corrente del cervello. La piccola Annapurna, seduta là di fianco come una bambola senza spina dorsale, osserva la madre in ginocchio cadere in avanti, verso le palle piene di Logan, che l'accoglie sulla patta, strofinandosi la faccia della donna tra le gambe, con fare liberatorio. Il bastardo richiude subito l'armadietto, lasciandoci dentro la bambina, dopo aver sbavato qualche parola. «Ciao piccola, *in gamba e zitta, eh...* altrimenti perdiamo la partita.»

Dopo aver spogliato la donna, e averle vuotato in bocca la bomboletta di narcotizzante, Logan si frega le mani e non sa proprio da dove iniziare. Sembra morta, lei, ed è forse ancora più eccitante la situazione, insieme alle grida che rimbalzano dal corridoio, che gli arrivano all'orecchio come un blues dalle mani di velluto. Infatti, subito dopo Jonny Cash si siede per terra, davanti a lui, incrociando le gambe come uno sciamano indiano, e iniziando a pizzicare le note della sua ectoplasmica chitarra, della quale si vedono solo le corde azzurre vibrare tra le dita di quell'allucinazione, stretta in un cappotto nero e sorretta da una schiena di vento. Johnny detta il ritmo, mentre Logan affonda l'uccello nella donna, cavalcando la sua dolciastra incoscienza. Non è umida là dentro, andrebbe lubrificata, ma calda sì, e accogliente.

Il bastardo scopa inarcando la schiena per puntare la matrice, leccando la bocca di Rae, risucchiandole il respiro corto, fottendola e ingoiandone tutti i gas dei sogni che sta partorendo in quel momento. Ma lui non può più vedere quel corpo armonioso scosso dalle sue ruvide staffilate, la Cloud1 si impadronisce di nuovo degli occhi del bastardo, e proietta quello che vuole, abbeverandosi alle sorgenti della sua deviata immaginazione, plasmandole, rivestendole con avori e incanti, lastricando di boccioli di capezzoli il suo cammino a piedi nudi sul vertice del picco.

Una Gerusalemme dalle mura di lattice, le cupole d'oro di tette giganti, le loro geometrie fiaccate dalla luce troppo arancione, un ratto con la coda d'argento, dritta come un fioretto, che affonda il suo strano pungiglione sul culo di una grassa odalisca a quattro zampe, con le mammelle che sfiorano la terra e la testa di maiale. L'insegna, la placca di dilitio del Barakà, una Glory House a slot multipli, l'attrazione principale della città parallela, incastrata dietro la Porta di Damasco e le sue torri merlate di vibratori a due teste. Logan, con al dito il rubino della super-droga, il passepartout per quel mondo invertito, è nella corsia 1 del locale. Gli sembra di trovarsi nella sala motori del sommergibile privato del Marchese De Sade: a sinistra si ripetono, a perdita d'occhio, oblò farciti di culi, con lo sfintere ripieno di crema pasticcera, dall'altra parte il lucido muro di dilitio è ricoperto da arabeschi di vagine dai bordi artigliati da ganci invisibili. Stelle marine, orchidee di Saturno. Logan si cala i pantaloni, e inizia dal primo slot di quella parata di fiori di carne, sbocciati davanti a un sole troppo forte, infila l'uccello in una vulva sconosciuta, la lingua in un'altra più in alto, e le mani dentro due ostriche ai lati, lasciandosi crocifiggere sul suo personale Golgota. Tutto intorno è niente e tutto nello stesso tempo, un Samsara di piacere senza testa né coda, un mantra, un mandala di polvere di ossa e cristalli di sperma messo insieme e spazzato via. L'eiaculazione.

INTERLUDIO
LA CODA NERA SEGMENTO 3

NUOVA FRANCIA
PARIGI
ÉGOUT – CONDOTTO V96

La Leggenda di Calipso.
Il ratto alpha, contorcendosi, spunta fuori dal sifone, si sgrulla e digrigna i denti nel grande égout, l'autostrada sotterranea di Parigi. Calipso, immersa fino alla vita nelle acque grigie e nere, è vestita da sposa e cammina al centro del condotto fognario. Pelle d'avorio e velo azzurro, la coda galleggia gonfia col timone dello sperma della Senna, vorticando dietro lo strascico nero, lucido di scarafaggi saldati. Il ratto alpha si alza su due zampe, è pronto ad attaccare e difendere il suo lurido harem di odalische codate e la tana nella galleria 18 della rete Rive Gauche, circondata da una palizzata di dita umane putrefatte. Calipso sfiora le acque con le dita sottili, emergono carogne di bambole senza occhi che le alzano lentamente l'ampia gonna con le loro dita di plastica.

Calipso scioglie i capelli rossi, si china e si lecca i polsi, tatuati dall'omega pulsante dell'Apocalisse. Il ratto alpha è incantato, sente venir via gli intestini caldi, trascinati da un invisibile gancio. Si avvicina, aspetta un cenno della dea, la sua lingua che percorre la morbida corolla delle labbra, poi si tuffa e si immerge tra le cosce nude della sua odalisca senza coda. Sott'acqua, il ratto non ha bisogno di vedere, di cercare; il suo ancestrale radar, collegato alle pinze dei muscoli, segna traiettorie luminose, chiare, e vibra verso la fessura di Calipso con la cerniera tesa sui lati dalle ancelle di plastica. Bambole senza occhi, boe di piacere, stupri ossidati, dita che non hanno bisogno di vedere.

La fessura di Calipso si chiude e scatta la trappola, l'ostrica; il ratto alpha, incastrato nell'utero, deve accoppiarsi, fecondare velocemente le uova, prima che gli esplodano i polmoni. Lei alza gli occhi sulle volte della galleria, sui graffiti osceni, a destra e sinistra, spruzzati dalla solitudine: un'Arca di Noè futurista, con la scritta TITANIC sullo scafo e quattro fallici camini sul groppone, dalla quale si tuffano, in un oceano di sperma e di squali, caproni dai denti d'oro, sirene surrealiste con tre seni e fili di perle tra i capelli, sacerdoti coronati e figli di puttana in smoking con la maschera da tritoni.

Calipso sente che il ratto ha fatto il suo lavoro, nel suo ventre; tira un profondo respiro, allunga una mano nelle acque e la spinge nella sua fessura serrata. Estrae il prigioniero, lo stringe tra le unghie, lo alza e l'osserva riprendere fiato e contatto con la realtà del suo merdoso regno nell'égout. Poi gli sorride, lo porta alla bocca e gli morde il collo, fino in fondo. Sapore di ruggine, di castagne e di acciughe. Mentre Calipso divora il marito con la coda, il sovrano del deflusso e degli scarti, la marea della fogna alza la schiena, le gallerie si colmano fino a scoppiare, scoperchiando i cunicoli. Dai tombini raffiche di marcio, di merda, colpiscono i palazzi verniciati, le strade e le pareti di cielo della città; una seconda Senna scorre, eretica e nera, violenta.

Inverno; fa freddo, una corte di ratti si aggrappa al corpo di Calipso, si saldano l'un l'altro affondando i denti, costruendo una pelliccia viva per scaldarla. La regina ingoia l'ultimo boccone del ratto alpha, lecca le sue piccole ossa, le piega e ne fa un fermaglio per capelli. Mentre l'esercito di topi, liberato e ossessionato dal profumo di sesso della regina, forma onde di muscoli neri ovunque, che fanno da nuova pelle alla città alla deriva, Calipso osserva il tramonto su Parigi, vede nel nucleo di quel viola antico, decomposto, oltre lo spazio, l'embrione dell'asteroide, ogni secondo sempre più vicino alle Terra, pieno del suo latte infetto.

Non ho mai visto fuori, oltre. Oltre le mura controllate dai grandi ratti, coi loro campi minati dentati. Oltre ogni dolore, ci sono loro. Le bestie. I topi, tanti topi dalle vene fosforescenti (e la Regina). I virus con le zampe delle fogne rovesciate, della merda che si è ribellata alla sua solitudine, allo stallo infinito, facendosi forza, esercito. Oltre le peggiori previsioni, appena prima dell'esplosione delle tubature dell'Apocalisse.

Un loop impossibile, elettrico mi insegue; fa passi da gigante, sa saltare ponti e arrivare in un secondo, smarginandosi, dall'altra parte, oltre; ha il rumore di carne masticata, di soffitti di insetti saldati, gira la manovella di una eterna colonna sonora, una canzone incastrata nella mente di un sepolto vivo. *If you wear that velvet dress.* Suona nei colli gotici delle chiese, soffia dentro santi corni affilati, gonfia la vescica della piazza e poi si fa grembo, marea, oltre, impulso, sponda ed elastico di orizzonte che ringhia verso i gialli e grigi della periferia, schizzando eretici colori, vetriolo di oltretomba, sui cartelloni pubblicitari vuoti.

Poi mi raggiunge, ogni volta, nel collo di bottiglia di me stesso, nel vicolo cieco; si ferma davanti al muro maledetto su cui cola la luce cotta del tramonto impigliato nelle parabole, che sentono oltre. Sono un punto nero nei telescopi arrugginiti dei tetti delle borgate, sono acceso a intermittenza in un videogame demo, oltretutto incastrato nell'ultima mappa. Livello sette, icone che lampeggiano, intercettazione e morsi. Sono una mosca sotto un bicchiere d'acqua capovolto, non posso scappare oltre, mi fermo, l'aspetto. La mia follia scopre i seni magenta, si torce il collo e fa scrocchiare le ossa, si toglie le mutandine sfilandole dai piedi troppo bianchi e sottili, e poi mi viene dentro, e anche oltre, ultra-densa. Non sento più nulla oltre lei, al suo odore di varecchina, di parata di girasoli morti, di alveari di muffa che pulsano dentro stanze vuote. Entra nel nido, facendosi spazio tra le mie costole, si fa piccola e affilata, mi solleva il fegato, fa coriandoli di budella con le sue unghie oltremare, poi scava ancora sotto, dentro, oltre.

Si installa, lo sento, e in quello stesso momento Calipso, il fantasma che abita oltre i bordi, apre gli occhi. Sui capelli rossi il fermaglio macabro; lo scheletro del primo ratto mutato.

7

ARMAGEDDON

Taison il Nero non ce l'ha fatta, non è facile farselo venire duro mentre una bestia mangia-carne, un embrione accelerato, una mescola di carne e colla di molecole sintetizzate, ti monta graffiandoti il petto e mostrandoti il cinemascope della sua dentatura da squalo a pochi centimetri dalla faccia.

Killer Venus, indispettita dalla virilità da verme dell'uomo, gli affonda il muso nell'inguine e stacca con un morso, alla radice, quell'inutile, deludente protuberanza. Ma quegli esseri vivi la incuriosiscono, vuole capire di cosa sono fatti, dentro. Se contengono roba diversa, rispetto ai manichini senza scintille di cui si è nutrita finora.

Con una delle mani artigliate tiene inchiodata a terra la testa dell'amante fallito, mentre con l'altra gli apre una zip rossa tra sterno e ombelico, infila le dita e inizia a maneggiare la farcitura calda degli organi, afferrando il groviglio di intestini, viscidi e polposi, che inizia a sfilare via dal ventre, afferrando la possibile testa di quel pitone rosa.

Troppo lungo da tirar fuori tutto, sembra non finire mai. *Avrà davvero una cazzo di coda quell'affare?* E poi ne ha già saggiati di lombriconi simili, anche se più secchi e marcescenti. Allora si abbassa di nuovo sul corpo straziato dell'uomo, annusa e lecca l'area a cielo aperto per farsi un'idea del ripieno, per scovare ciò che fa muovere e parlare quelle creature urlanti. Ruota la spalla, allarga la ferita e scopre al tatto il fegato, parzialmente incastrato sotto una palizzata di costole… poi scorre le dita sulle creste del pancreas… ma non c'è niente di speciale che non abbia già sbudellato e masticato nel ristorante self-service in cui è stata rinchiusa tanto a lungo. Solleva la schiena, e scopre improvvisamente la differenza.

Le ciglia dell'uomo, che le solleticano il palmo della mano, le svelano che quella faccia schiacciata a terra possiede qualcosa di speciale, appena sotto la fronte: due aperture, equidistanti dal naso, contenenti minuscole, lattiginose uova che si muovono e ruotano come biglie impazzite. Gli occhi aperti del Nero, spalancati, quasi schizzati fuori dal terrore.

L'odalisca curiosa afferra uno di quei magici bulbi oculari strappandolo sbrigativamente dai nervi ottici, che si allungano inutilmente come elastici per non mollare la presa. Lo porta alla bocca, lo succhia come una caramella, facendo attenzione a non schiacciarlo sotto i denti. Poi sfiora confusa il proprio viso, risalendo con le dita gli zigomi affilati, ma non trova nessuna corrispondenza là sopra, nessuna fessura, nemmeno un foro-chioccia capace di allevare e crescere quelle uova magiche rotanti. Sputa il bulbo oculare di Taison, lo raccoglie e cerca di ficcarlo nel posto giusto, spingendo con forza.

Non entra, niente da fare, allora disegna un cerchio con l'unghia, prende le misure come chi deve appendere un quadro in salotto, e poi affonda il dito scavandosi nella faccia un alloggiamento abbastanza grande.

SSSSSSSSSSSSSSSSHHHHHHHHHH.

Fa male, ma ora la biglia penetra bene, e ruotandola la creatura l'avvita più a fondo possibile. Il Nero smette di divincolare le gambe come un pupazzo meccanico dal disco rotto, e dopo aver vomitato l'ultimo litro di sangue crepa fotografando il soffitto con l'unico occhio ancora incassato al suo posto. L'ultima cosa che vede, là in alto, è una grossa mosca mutata, dall'addome fosforescente che pulsa a intermittenza, che osserva la scena sfregando eccitata le zampe, forse chiamando a raccolta il suo squadrone di degustatori di carogne. Poi un flash bianco fa mutare radicalmente la scena: è all'aperto, fuori dal maledetto bunker, e una magra sagoma antropomorfa, celata da una coperta nera sulle spalle, lo sta trascinando per le gambe, canticchiando un'aria della Tosca di Puccini. *Vissi d'arte.* La stessa che amava intonare sua moglie, la proprietaria del cervello che gli è schizzato sulla camicia, giù al porto.

Uno sterrato, e i tralicci storti di alberi all'orizzonte. Un bosco di querce che al suo passaggio si illuminano come lampioni, come se avessero risucchiato lampadine, da quella strana terra, nel loro fusto trasparente. Su ognuna è appesa per le gambe il corpo mutilato di suo figlio Thomas... che sorride rivedendo il padre. Venti, trenta, quaranta sorrisi, e poi finalmente la sagoma si ferma, lasciandogli le caviglie. Non si volta, forse è così che fa la Morte. Si siede a terra, davanti a lui, poi si sdraia a pancia in giù, e la coperta nera che la ricopre si stende tutto attorno, formando un cerchio. Una ventosa sotterranea lo risucchia verso il centro della Terra, aprendo un varco scuro con la gola di chilometri. Ora Taison, che si avvicina al buco facendosi il segno della croce, vede bene quanto è profondo il pozzo nero che l'aspetta.

«Porca puttana... *è pronta la medicina?* Ora toccherà a noi, se non ti dai una mossa...», sussurra Zack a Oceanne, che sta rapidamente riconfigurando le connessioni della granata artigianale per depotenziarla ed evitare di far saltare tutto in aria, loro inclusi, mentre Killer Venus, con l'occhio del Nero macabramente attaccato sopra lo zigomo destro, ringhia verso il gruppo dei superstiti. *KRAAAAAAAAA*. Sente il loro odore, è ancora più forte condito dal pepe dell'adrenalina.

Dakota scaglia contro la bestia la sua anti-stronzi ormai scarica, poi si stringe a Valeria, compassata come sempre, anche se ha visto scannare Blanca, insostituibile leccatrice, e ha le scarpe imbrattate del sangue schizzato di Annegret, la prima puttana del Bon Bon. Due colonne della sua attività, ora sarà difficile esportare il format del bordello, se mai uscirà viva da quel bunker. La maîtresse dalla pelle di rinoceronte però vuole vendere cara la pelle, sa che bisogna prendere tempo e tenta di confondere Killer Venus. D'altronde è una vita che riesce a fottere la gente con le parole, anche se con gli uomini è più facile, quasi istantaneo: una decima di seno, anche se i suoi cocomeri sono ormai troppo maturi, può qualsiasi cosa con i bipedi dotati di scroto. Ma dovrà cambiare strategia, con quella troia mangia-carne.

Prende in mano la situazione, solleva la gonna leopardata sui fianchi e si sfila le mutandine dalle caviglie, restando per un attimo in equilibrio precario su una gamba; il peso delle sue cisterne da latte, spostato in avanti per piegarsi e completare l'operazione, rischia di farla cadere a faccia in giù. «Non preoccuparti, tesoro, ora ci penso io...», confida a Dakota, che la osserva stupita.

A fica libera, subito rinfrescata dal gelido fiato dei condizionatori, che continuano a pompare l'ambiente nonostante tutto, si rivolge a Killer Venus, con voce squillante: «Ehi, *affamata di cazzo, ora ti mostro come funziona, stai a vedere...*»

Poi si avvicina a Zack, sussurrandogli all'orecchio: «Stai al gioco bellimbusto, se ci tieni a restare vivo. Vedrai che poi ti piacerà, non farai certo fatica...» Prima di iniziare, fa l'occhiolino a Oceanne, rimasta a bocca aperta con la bomba in mano. «Stai buona e datti da fare, vedrai che non te lo strapazzerò troppo... *sbrigati, cazzo...*», l'avvisa.

Non c'è tempo da perdere, spinge un confuso Rompighiaccio a terra, schiena al pavimento, gli cala mutande e pantaloni in un colpo solo, fino alle scarpe, con la rapidità e maestria di un cameriere capace di sfilare una tovaglia da sotto una tavola apparecchiata, poi allarga le gambe tornite e gli monta sopra. Per rendere ancora più accattivante la messinscena, libera le enormi tette sbuffando come un bufalo, lasciando che i capezzoli sodi, incorniciati da dischi scuri, grossi come piattini di tazze da caffè, puntino la bocca dell'uomo: due canne di un sovrapposto calibro esagerato minacciano un'esecuzione, *o mi scopi, qui e adesso, oppure ti soffoco con raffiche di carne. Ultimo desiderio? O già ti è venuto duro?*

Rompighiaccio non oppone resistenza, resta immobile come un baccalà e lascia fare Valeria, che glielo stringe alla radice, con una tecnica di morsa ad anello, e se lo ficca dentro. *«Però... dongiovanni...* devi essere a stecchetto da parecchio, eh?», sogghigna la maîtresse soddisfatta, mostrando un sorriso a ventiquattro carati alla bestia, che osserva la scena eccitata, con le cosce rigate di ragnatele di appiccicosi umori. *TRRRRRRRRRR.*

«Stronzo ubriacone, questa la paghi...», commenta rabbiosa Oceanne. «Ti scoperesti pure un frigorifero... bene, allora facciamo un *bel testa o croce* e chi se ne frega, mi fa troppo schifo guardarvi», aggiunge poi interrompendo a metà la programmazione di depotenziamento della granata, attivandola così com'è e lanciandola verso Killer Venus, che si china per afferrarla, portarla alla bocca e leccarla.

«Hai dieci secondi, goditeli tutti baldracca!», ringhia ancora la ragazza, afferrando Valeria per i capelli, costringendola a drizzare la schiena e facendole rimbalzare su e giù i chili di ghiandole truccate di quelle sgraziate super-tette.

Un cluster di crème caramel rosa, che non la smette di vibrare nella sua pandemia di gelatina. Poi la parrucca della donna le resta in mano e lei cade all'indietro a gambe all'aria, davanti ai piedi di una pietrificata Dakota.

«Cristo, non...», grida Zack stritolato dalla bisontessa in calore,

che come se niente fosse ha ripreso a cavalcarlo sollevando e abbassando la testa come all'apice di un concerto rock, col capo ora ricoperto da una spennacchiata chioma grigia stretta in una ridicola retina. Ma l'uomo non fa in tempo a sputare fuori altre parole. Lingua fredda, ghiacciata.

Una serie di bip accelerati annuncia l'esplosione, tagliando i viveri delle prospettive, dello stesso tempo e spazio.

Bonne chance a tutti, eccetto bestie e baldracche, pensa Oceanne mordendosi le labbra.

Forse l'ha fatta grossa, e non si può tornare indietro.

VRRRRRRRUUUUUUMMMMMMMMMMMM.

Fumo giallo, silenzio, neanche un grido, poi dopo qualche secondo Coltrane riprende a suonare *My Favorite Thing,* il sistema ludico portatile del Guercio si è riacceso, dall'altra parte, in quello stretto corridoio che come un gigantesco corno di metallo trasporta il jazz nell'area alloggi, là in mezzo al casino di corpi sbattuti ovunque, dove l'improvvisazione della granata ha già fatto il suo, azzerando le sponde di morblix della ics di corridoi, gli affluenti verso le stanze, sconsacrando la geometria regolare dell'ambiente. Il sassofono fantasma si addensa e la sua polvere d'ottone volteggia verso il pavimento, risucchiata dalle bocche e dai respiri degli ancora vivi.

Zack, scaraventato sulla parete in fondo, riprende i sensi, tossendo un pezzo d'anima. Apre gli occhi e comprende l'origine di qual calore che continua ad attorcigliarglisi sull'inguine: è ancora attaccato alla fica di Valeria, con le gambe che gli stringono sui fianchi, cingolati di carne mai esausti, ma dall'ombelico in su la donna non esiste più. Resta solo quel lurido trancio fumante che lo scopa, il resto dev'essere stato sbranato dai morsi di fuoco della granata, o dalla pioggia orizzontale dei suoi dischi di metallex da frammentazione. Rompighiaccio mette a fuoco il soffitto, e scorge un insetto attaccato là sopra, immobile e bruciacchiato... no, è *troppo grosso...* quella macchia grigia al centro non è la peluria di un cazzo di ragno mutato, e le immaginarie zampe sono coriandoli di muscoli e nervi tranciati. Eccola, dov'è finita è la testa della maîtresse, decollata come un razzo verso la sua orbita di quattro metri, schiantata sulla calotta di un Polo Nord troppo duro.

Non è andata meglio a Killer Venus, che aveva infilato in bocca la bomba per assaggiarla. Ciò che ne resta è davvero poco, nonostante

la pelle dura. Il suo corpo eretico è schizzato ovunque, dipingendo i mozziconi di pareti rimaste in piedi con il suo ripieno oltremare, il sangue blu, mescolato con la tavolozza gialla, ocra e arancione di purea di carne, pastafrolla di polmoni e frullato di interiora, col tocco da chef di ciuffi di capelli rossi ovunque. Decorazioni e bassorilievi morti che trasformano i resti dell'area in una necropoli futurista. Ma una delle sue tette viola si è salvata, quasi intatta, decollata e atterrata, come una viscida e medusa, sulla fronte di Dakota. «*Che schifo, toglimela di dosso...*», urla la ragazza scuotendo il braccio di Oceanne, che là a fianco, a pochi centimetri, si sta sfilando una scheggia dalla coscia sussurrando frasi sconnesse e avvelenate: «*Maledetta baldracca... ora me le farò grosse anch'io, e poi vedremo... Mi facevi ridere, stronzo principe succhia-tequila in canottiera*, ma sei come tutti gli altri. *Io e te, e il resto del mondo può anche andare a farsi fottere... come no, quante siamo, in tutto?* Ma che te lo chiedo a fare. Cazzo, come brucia...»

Dallo squarcio nella parete nella stanza adiacente, scorgono Mona camminare in circolo come uno zombie e cullare *Grace* tra le braccia, con una coppia di sottili storage alimentari, sparati dalla bocca larga dell'ingresso, ficcati nella schiena, di sbieco, che le lampeggiano tra le spalle. Sembra una Madonna elettronica in attesa della rivelazione di un arcangelo in pigiama, buttato giù dalla sua branda in Paradiso. *Sei morta, cazzo. Che ci fai ancora in piedi?*

Eppure, la donna non molla la figlia, e quel cerchio che sta percorrendo a piedi scalzi, sul pavimento ricoperto di detriti, si scurisce sempre più, fino a diventare nero, aprire la bocca, addentarle le caviglie bianche e trascinarla giù. Nel pozzo nero.

Grace è ancora in volo notturno, là dentro, centrifugata dalla zero gravità della sua pandemia, e vede passarle accanto la madre, radente, inabissandosi nella pozzanghera dell'oscurità, diventando ogni secondo più piccola, fino a una moneta da un centesimo, mentre il fondo la chiama a sé. Niente lacrime e niente funerale, ma dal corridoio l'arnese del Guercio fa suonare qualcosa adesso, tutto per lei. Le note tristi di una chitarra, che tagliano le distanze tra l'Ohio e il Vietnam come fossero di burro, si fanno sempre più decise, poi prendono vita i violoncelli col loro caldo respiro e grano tra i denti. *Youngstown* di Springsteen, è quello il requiem casuale per Mona, la sua bara trasparente. *Here in Youngstown, here in Youngstown, my sweet Jenny, I'm sinkin' down, here darlin' in*

Youngstown.

Nel magazzino in fondo al corridoio, Logan si rialza a fatica spostandosi di dosso le cassette di acqua minerale che lo hanno travolto, ma il corpo di Rae, che si stava fottendo in santa pace, gli è sparito da sotto sul più bello.

Ma che fine ha fatto?, pensa ancora stordito, ha preso una bella botta in testa. Poi sente avvicinarsi le voci di Zack e Oceanne: «Rae? Logan? Dove siete?»

Certo, dev'essere stata una delle cazzo di bombe di quella pazza. E la bestia? Adesso che faccio?

I pensieri di Logan corrono da una parte all'altra della stanza, insieme alle sue gambe traballanti e i testicoli ammaccati dalla troppa foga con cui ha spinto, fino a pochi secondi prima.

Se quella troia riprende conoscenza e racconta tutto, sono fottuto, mi linceranno. Magari non ricorderà niente... e l'esplosione potrebbe sistemare tutta la faccenda. Ma meglio non rischiare. Devo trovarla, adesso, e chiuderle la bocca.

Alla fine, vede spuntare un braccio da sotto una matassa di cavi, e sorride. *Se ho culo è morta,* si dice, mentre si avvicina in punta di piedi. «Mi senti?», sussurra spostando le spire smerigliate del serpente di cavi che la ricopre. Non sembra ferita, a occhio, quindi si raddrizza e la tocca con la punta dello stivale, spingendole appena il ventre.

«Sei viva? *Ehi!*» Fa un salto all'indietro, spaventato. La donna ha alzato il busto aspirando disperatamente l'aria, come se fosse stata in apnea per troppo tempo. Lo guarda fisso negli occhi, spalanca le pupille e si prepara a gridare, con i muscoli del collo tesi e gonfi. Sta per esplodere anche lei, e sarà una bomba ancora più pericolosa dell'altra, almeno per lui.

«Rae? Rae?», ecco un'altra voce adesso, quella della puttanella, Dakota. La stanno cercando tutti, e ci sono quasi.

Allora Logan sfila dallo stivale destro il suo portafortuna, un coltello a lama curva, e si fa il segno della croce. Non è la prima volta che deve affidarsi a quell'amico dal manico di ossa d'orso. Scatta dietro alla donna, prima che spifferi qualcosa, l'afferra per i capelli, le solleva la testa e con un movimento secco le taglia la gola da un orecchio all'altro.

Che spreco, pensa il bastardo, *avevi una fica così morbida e calda, dolcezza, ma comprenderai... uno di noi due è di troppo, adesso.*

Una puttana di meno al mondo, che sarà mai...

Il sangue di Rae schizza veloce ovunque, lucido, nero come il buio che ha ingoiato il magazzino subito dopo l'esplosione. Imbratta la T-shirt del bastardo, e non la smette di zampillare. Logan si sfila di dosso la maglietta col faccione serio del Che Guevara su sfondo rosso comunista restando a petto nudo, poi balza di nuovo in piedi, trascina uno dei pesanti armadietti vicino al corpo gorgogliante della sua sposa da cinque minuti e glielo rovescia sulla faccia. *Amen.*

Un incidente... hai visto che hai combinato, brutta stronza?, dirà a Oceanne, quando li troveranno.

Un rumore però lo fa voltare di scatto. *Un topo del cazzo? Cristo, è la bambina...* Si è completamente dimenticato di Annapurna, chiusa nell'armadietto. *Ma dov'è?* Non l'aiuta nemmeno piangendo, la maledetta, si sente solo un debole picchiettare sullo sportello di metallex. Allora lui si pianta immobile al centro del magazzino, con le antenne dritte, e stavolta riesce a percepire la direzione giusta. *Quello là, sdraiato a terra.* Si china, apre lo sportello forzando un poco la maniglia ammaccata, e nel buio appena stemperato dalle luci azzurre di emergenza che fasciano il corridoio, là fuori, vede emergere gli occhi di Annapurna, abissali e antichi, mandorle verdi sommerse, così somiglianti a quelli della madre, e poi le linee delicate del volto smunto accendersi poco a poco. Sembra stare bene, anche se respira a fatica.

Vieni qui, cucciolo di puttana, le dice prendendola in braccio, proprio quando Zack irrompe dentro frustando l'aria con una torcia. «Chi è la?»

«Babbo Natale, coglione.»

Protocollo Death: dopo l'esplosione, tempo di riavviare i sistemi di back up e inoculare energia nelle meso-dinamo ausiliarie, i testicoli interrati della struttura, il bunker si è messo automaticamente in emergenza, attivando una fastidiosa sirena, una pioggia di schiuma antincendio, e aprendo tutte le porte rimaste integre e gli accessi secondari. Compreso il portello principale della sezione sigillata della grande galleria, che si spalanca dividendosi in un prisma di quadranti. All'interno di quella strana galleria del vento, che ora mostra appena il buco del culo, un secondo sistema di sicurezza a ghiere ruota una volta a destra e due a sinistra, per poi dividersi orizzontalmente in due parti, risucchiate lentamente dagli spessimetri a scomparsa di quella sorta di trappola a tagliola.

GRRRRRRRRRRRRRRRRRRRRRR. Un coro di ringhi, adesso non più sigillato, che fa sollevare le teste ammaccate dei superstiti. Gli umani là dentro.

«Ma cos'è?» sussurra Dakota, inchiodandosi nel corridoio centrale della zona alloggi: stava correndo verso Zack che le faceva segno di raggiungerlo, davanti alla porta del magazzino.

Oceanne, inginocchiata sul corpo senza vita di Mona, con un taglia-erbe che le sta falciando le interiora, e che ora inclina le ruote scolpite e il muso per scalare i polmoni, puntare dritto verso il suo cuore e affettarne i minuscoli acri — *è tutta colpa mia... tutta colpa mia* — dopo aver sentito quel rabbioso verso colmare la cassa armonica della grande galleria, riesce appena a rigurgitare: «Non usciremo mai vivi da qui», allungando il braccio e stringendo la piccola mano gelata di Grace, che è ancora nel suo mondo di mezzo, sdraiata a croce sul pavimento, insieme agli altri detriti inanimati.

La notte, in quel maledetto posto, sembra eterna, azzurra, e rossa.

Dall'apertura interna della stiva misteriosa della galleria, con la pelle di acciaio2 crepata lungo il dorso bombato, dal quale pisciano perdite di liquido denso, trasparente, e spruzzi di merda, spuntano decine di occhi vivi, con le orbite bianche che si fanno costellazione animale nella semioscurità dell'angusto vestibolo dal quale stanno per venire fuori, per farsi accendere, da un momento all'altro, dalle luci d'emergenza che sparano ovunque strisce blu periotiche che dipingono sezioni di pareti e strutture per poi spostarsi continuamente, dall'alto in basso e viceversa, trasformando l'ambiente in una macabra discoteca.

E forse ora ci sarà da ballare.

Maiali mutati, a decine, almeno a questo somigliano quelle creature a quattro zampe senza pelle e cotica, con gli organi interni in bella vista, ricoperti di silicone o una pellicola trasparente, gommosa, che dopo qualche secondo di incertezza, quella di prigionieri di lungo corso che ormai temono la libertà quanto la gabbia, iniziano a muoversi, per poi scattare come proiettili da trecento chili e caricare la realtà esterna, in un attacco senza precisi obiettivi. Qualsiasi cosa, là dentro, di vivo, è il nemico, il padrone-demiurgo che li ha tenuti in cattività, costringendoli a divorare i simili per sopravvivere, a bere piscio e condensa, a comprendere l'intero ciclo della sofferenza umana, ben oltre lo status di bestie, di allevamento di carne e di future truppe d'assalto in una guerra senza logica, con i loro cervelli affinati dalla manipolazione genetica. Esperimenti pensanti, aggressivi, andati a puttane e fuori controllo, soldati con la coda a ricciolo e il grugno fosforescente abbandonati in quel posto assurdo, dentro quella enorme cassaforte, un tempo sede di esperimenti di macchinari e veicoli di ultima generazione, tutto certificato secondo la convenzione di Ginevra 6.5.

Ma chi andrebbe mai a controllare un trash vortex?

Il branco invade tutte le aree dividendosi in piccoli gruppi, puntando a tutto ciò che si muove: le carcasse fresche umane, i resti dei fuggitivi, interi, in tranci o spappolati come marmellata intelligente, e la Cappella Sistina apocalittica dove la carne delle creature disassemblate e incomplete, sia quelle che fanno da tappeto-cadavere che quelle ancora imbottigliate nelle capsule, a bagnomaria in quella acida gazzosa blu, è insapore. Ma la rabbia non è un gourmet, e il solo masticare può bastare, in certi casi. Una rivolta non deve riempire lo stomaco, non è quello il punto.

Usciti tutti i piccoli da trecento chili, si mostra l'orrida, gigantesca scrofa-madre, l'Armageddon dalle mammelle secche, la forma a siluro e un grugnito sinfonico che fa vibrare le pareti della grande galleria. Al posto della testa da suino, il mostro progettato in quegli infami laboratori ha una corona di bubboni marcescenti di teste umane contorte e disperate, vive, velate da gelatina solidificata, gridanti, mentre quella al centro, che sbatte gli occhi, che comanda il corpo e i pensieri centrali, sproporzionata, grossa come un macigno, somiglia al viso di una donna cannone da circo dalla pelle sbollentata da una secchiata d'acqua a 150°, col grugno allungato e mobile da porco e un sorriso di zanne possenti che sembra dire, con profonda consapevolezza: *Ora sono cazzi vostri.*

Oceanne e Dakota, rincorse nei corridoi dell'area alloggi dagli zoccoli del branco immondo, telecomandati dalla Regina multi-testa, si rifugiano nel magazzino, unendosi a Zack e Logan, e serrano la porta sputando fuori la paura. Oceanne, con Grace in braccio, che ha dovuto percorrere più strada, partendo dalla stanza di Mona, ha avuto fortuna; i resti ancora caldi dell'amica, e quelli degli altri, hanno rallentato il branco d'assalto. Attirati dall'odore di buono, di fresco, quelli non hanno resistito a grufolare in quei corpi e tranci ancora non andati a male, azzannando e litigandosene pezzi.

Ma adesso c'è solo una posta di metallex tra loro e gli squadroni di suini, che prendono subito a sbattere il grugno su quell'ultima barriera, per aprire quella scatoletta dall'etichetta che promette bene: *polpettone umano.*

«Cristo, ci credo che hanno abbandonato questo posto. È sfuggita di mano la situazione a quei bastardi, hanno lasciato i loro mostri in gabbia, sigillato tutto e se la sono squagliata. Tanto a chi importa di una pattumiera galleggiante... non li avrebbe mai trovati nessuno, non ancora vivi almeno», commenta Zack.

«Già», gli risponde Oceanne, che sta ancora riprendendo fiato. «Ma quelli sono riusciti a sopravvivere, hanno trovato il modo. Sia quegli schifosi maiali che la nostra amica, la mangia-carne ninfomane.»

«*Cannibalismo...* sarebbero potuti andare avanti a lungo», aggiunge Dakota, prima di abbassare gli occhi e, grazie a uno dei flash della luce d'emergenza, scorge un braccio spuntare da sotto un armadietto steso in diagonale sul pavimento.

«Ma che cazz... *quello è l'anello di Rae!*», grida. «È lei, tiriamola fuori da là sotto», dice agitata, mentre si piega e tenta di sollevare quel solido di metallex. «Mi volete aiutare o no? *Rae, mi senti?* Dimmi qualcosa, qualsiasi cosa, ti prego...»

«Tu ne sai niente Logan?», chiede Zack rosso in faccia, tentando di spostare quell'affare, insieme a Dakota.

«E lo chiedi a me?», risponde quello, sputando a terra. «Domandalo a lei, alla tua bombarola targata Green Peace, che ha fatto saltare tutto per aria», aggiunge indicando Oceanne, che spalanca gli occhi; vorrebbe strappargli la lingua biforcuta a quel figlio di puttana, che continua a provocarla sol suo sorriso di sbieco. «Niente di personale, femmina, anzi, mi piacciono quelle come te. Però quando si fa una cazzata...»

«Eri tu con lei, no? *E stai da dio*, mi pare. Ora ci dici cosa è successo qui. *Sei tu la bomba, lo sei sempre stato, fin dall'inizio. È ora di disinnescarti. Allora? E dov'è finita Annapurna?*», risponde lei spingendolo via.

Ma i colpi dei bestioni eccitati, sempre più numerosi, iniziano a far cedere la porta, guadagnandosi di nuovo l'attenzione dei quattro. Sanno bene che sono tutti fottuti, questione di minuti.

«Non voglio finire viva tra le zanne di quelle bestie schifose, meglio farla finita prima che ci saltino addosso», sussurra Dakota, mentre osserva il viso spappolato dell'amica, Rae, senza notare il collo squarciato in quella pandemia di sangue e di roba molle, biancastra, schizzata fuori dal cranio, dal naso e dalle orecchie. *Quanta roba c'è dentro una testa.* «Però cominciamo da *lui*», aggiunge sollevando la sua espressione di disprezzo verso Logan. «Il tossico dev'essere il primo ad andarsene all'altro mondo. Non so come è andata qua, ma di bastardi ne ho conosciuti parecchi, e quello è della stessa razza... e come mai ha le mani sporche di sangue e un ridicolo taglietto sulla fronte? Mi pare basti, o no? *Zack, fai l'uomo e sistema la questione*, poi penseremo a noi. Guarda come l'ha ridotta... *Rae, tesoro mio.*»

«Facile a dirsi... che faccio, lo strangolo, oppure lo insulto a morte?», risponde Zack allargando le braccia.

«Non fare lo stupido, *faccia di bronzo.* Mi resterà quel bel ricordo di te, attaccato a quella vecchia baldracca. Del resto, non importa, ormai non abbiamo più tempo», replica secca Oceanne, arrendendosi per la prima volta nella vita. «Non possiamo nemmeno ammazzarci, non abbiamo niente qui, dovranno pensarci loro», aggiunge poi, guardando la porta del magazzino ormai pronta a saltare via e far entrare i maiali affamati, inebriati dall'odore di carne fresca.

«Un modo ci sarebbe... *se il colpevole senza processo può ancora parlare, s'intende...*», dice Logan allungando una mano nelle mutande. «Ecco qui la mia scorta di Cloud1, roba forte... se la dividiamo e la consumiamo tutta in un colpo solo, dovrebbe bastare per un bell'arresto cardiaco di gruppo... ci vorranno due minuti, se li abbiamo, *e fanculo i maiali.* Posso preparare la dose per tutti; *io farò per ultimo.* Allora, ci state?», spiega l'infame.

Nel frattempo, l'enorme Scrofa-Armageddon, affamata, con la sua corolla di teste umane urlanti, ha sfondato il corridoio a budello dell'Area Laboratorio, ed è entrata nella Cappella Sistina del Bunker, dove ha fiutato parecchio cibo, abbastanza da fare una buona scorta. Dopo aver ripulito il pavimento di cadaveri e resti semi-umani, grufolando come un'ossessa, affondando il muso in carcasse, toraci, spezzoni di gambe, cosciotti apocalittici e teste ancora farcite di cervello, gli avanzi di Killer Venus, punta dritta alle capsule, spaccando gli involucri con una testata e vuotandoli uno a uno a colpi di lingua e zanne. Le teste umane sfigurate, che la creatura possiede intorno all'orrido viso, gridano ancora più forte, contorcendo i muscoli facciali; da due anni sperano di morire, ma ora che la mega-scrofa ha fatto il pieno, dovranno continuare a vivere a lungo in quel corpo eretico, ad ascoltarne i pensieri senza poter mai suggerire niente. Embrioni assemblati, cresciuti, sviluppati in modo anomalo e mai assorbiti nel sistema biologico della creatura, che come cancri fioriti dovranno continuare a stare alla catena. Ma il bestione, che comincia a sentirsi colmare di nuovo le secche mammelle, dopo il lauto pasto, sente i richiami dei piccoli a caccia, e decide di fare la sua parte. Avranno il suo latte, e le carcasse degli uomini sparse in giro, ma la roba viva, di carne vera, dev'essere sua.

«*Tu per ultimo, semmai...* continui a fare il furbo, Logan. Perché non riesci più a stupirmi? *Pensi davvero di salvarti il culo lasciandoci a quei porci come polpette, mentre tu tenti di svignartela*? Prepara tutto, comincia tu e noi ti seguiremo», gli risponde Oceanne mostrandogli il dito medio.

Allora Logan estrae dallo stivale il suo fidato coltello. «*Stai lontana da me, puttana.* Adesso hai rotto. Sono stato fin troppo generoso... ora, per chi vuole la *grazia*, sarò ben lieto di disegnargli un sorriso sulla gola... ma dovete avvicinarvi lentamente, uno alla volta, mentre gli altri devono stare con le spalle inchiodate a quella parete, fermi come sassi. Vuoi iniziare tu, Green Peace? *Che c'è, non vi piace l'idea?* Beh, come volete, ci penseranno i maiali del cazzo, e ci metteranno parecchio più tempo a farvi crepare, mentre si sfameranno con le vostre parti grasse, vedrete», aggiunge lui, ormai in preda a una crisi d'astinenza. La dose che si è sparato al cesso è ormai nella sua fase discendente, quella rabbiosa, che desidera tornare al picco, sulla cima del mondo, tra i capelli di Gesù Cristo, e osservare tutto dall'alto, dallo sperone di un doppio Everest sensoriale, la miseria umana, fregandosene altamente, voltandosi dall'altra parte per immergersi nella vasca calda di altre dimensioni, per sdraiarsi nei giardini pensili del proprio dopato super-io a cazzo dritto, che piscia sul mondo alla deriva, e sui termitai di tutti gli altri sfigati che tirano a campare come zombie, senza elisir di lunga chiavata, senza scappatoie, senza mai annusare, nemmeno una volta, il profumo di lussuria, di mango e cioccolato fondente, di un'orchidea di carne che ti fiorisce dall'ombelico, per poi piegare lo stelo e prendere a succhiartelo fino alle palle.

Logan chiude la sua macabra tirata passandosi la lama del

coltello sulla lingua, e di colpo il magazzino prende a oscillare vistosamente, si ferma per qualche secondo e poi traballa ancora; sembrano i passi pesanti di un cazzo di terremoto.

Nello stesso momento il sistema ludico del Guercio, rimasto acceso in corridoio e diventato ormai una sorta di Radio Bunker, lancia una nuova canzone dal suo slot di memoria surriscaldato: Hell Bells degli AC/DC. Il vecchio pazzo aveva gusti decisamente vintage, niente male però.

Ancora quella tremenda vibrazione, e stavolta finiscono tutti a terra, per poi portare subito gli occhi spalancati sulla porta, che sembra ancora reggere, seppure allo stremo e gonfiata dalle disperate testate dei porci predatori. Ma dovrebbero preoccuparsi di altro ora... se ne accorgono presto, quando un enorme zoccolo sfonda il soffitto e si stampa sul pavimento, facendo una frittata di Logan. Il figlio di puttana si è trasformato in una stella di schizzi intorno a una zampa di tre metri, che copre pietosamente il resto di quello che è stato. Insomma, come pestare una merda.

La mega-scrofa si è unita alla caccia, e non ha certo bisogno di bussare. La sua grossa testa si abbassa sul gruppo, lanciando un grugnito profondo, condito da un alito abissale e necrotico. Le teste che fanno da macabra collana del mostro, quelle appendici imprigionate fin dalla nascita in quella quintessenza d'orrido, si muovono in spasmi, sembrano inorridire, le loro espressioni mutano continuamente, ma passando sempre da una pena d'inferno all'altra. Cambia solo il numero e la lunghezza dei rebbi incandescenti del forcone che continua a infilzare quelle anime separate. E quelle membrane trasparenti, quei veli che ricoprono i loro visi angosciati, sono quelli di spose sepolte vive. Sono tutte femmine, come la scrofa che ha partorito quei bubboni ripieni di lacrime e cervello.

Zack, Dakota e Oceanne formano un cerchio prendendosi per mano, pronti a crepare da vera squadra, mentre Annapurna cammina sulle ginocchia verso i resti liquidi di Logan, immergendo un dito in quella tintura rosso-ambra.

La Scrofa-Armageddon osserva stupita la bambina, il suo senso materno, rinvigorito dalle mammelle di nuovo gonfie di latte, la costringe a sospendere l'attacco. Annapurna riesce a mettersi in piedi, solleva gli occhi verdi, così grandi, e guarda la massa del mostro, che la fiuta da capo a piedi. Non ha paura, non sa ancora cosa sia. Non comprende ciò che le troppe teste di quell'essere le sussurrano, stavolta in un unico coro. *Scappa via!*

Le bestie là fuori non fanno più casino, hanno lasciato alla regina quelle prede, correndo via per accanirsi sui resti di persone e creature pre-assemblate, e il bunker ha ancora molto da offrire, in tal senso. Stuzzichini al sangue, blu o rosso.

VRRRRRAAAAAAAAAAAAAAAAAAAAAAAAAAA.

La Regina all'improvviso grida, e il suo sordido ringhio all'aroma di pesce copre il rumore di ciò che sta accadendo alle sue spalle. *VRRRRRAAAAAAAAAAAAAAAAAAAAAAAAAAA.* Solo negli intervalli dei suoi strepiti incazzati si riescono a sentire dei colpi di armi da fuoco, sempre più chiari, rapidi e vicini.

VRRRRRAAAAAAAAAAAAAAAAAAAAAAAAAAA.

La super-scrofa si volta di scatto, scassando parte della struttura portante dell'area col suo enorme ingombro a siluro e il lurido culo grasso che spazza via blocchi di acciaio e cemento come fossero scatole di cartone. Poi si scuote ferocemente, si sgrulla scambiando la grandinata di proiettili che l'ha investita con dei parassiti, rovesciando secchiate di sangue su Zack e Dakota, mentre Oceanne è corsa da Annapurna, per afferrarla e rifugiarsi dietro una catasta di armadietti, dove ha già nascosto Grace, la bambola senza vita in attesa dell'alba, di un altro giro sulla giostra del Samsara.

Un fischio, poi qualcosa che sibila a grande velocità si incassa nell'addome della Regina, aprendo uno squarcio da cui fuoriescono un gruppo di teste, queste senza vita ed espressione, che si schiantano sul pavimento una dopo l'altra, come uova marce, liberando il loro tuorlo verde fosforescente. Innesti di umanità, come tutti gli altri, per niente fioriti in quel corpo d'animale a crescita forzata, geometrica, donandogli scintille d'intelligenza e organi anfibi, a prescindere dalla matematica molecolare e le sue prospettive ubriache.

È un bazooka quello che ha colpito la Scrofa-Armageddon, e la supposta esplosiva, penetrata nel ventre dell'animale, aspetta ancora due secondi prima di detonare e far piovere ovunque braciole di super-suino cotte alla fiamma, scrosci di latte e sangue, poi un temporale di resti morbidi di teste quasi-umane e la fitta nebbia del loro cervello polverizzato che resta a mezz'aria, galleggiante e immanente, come gli anelli di Saturno: la preziosa, senziente collana di perle del mostro disintegrata all'instante.

E finalmente si vedono, adesso, i misteriosi guerrieri che hanno fatto il culo al mostro. Due sagome scavalcano i resti fumanti della scrofa e il casino rovesciato nel magazzino, ormai senza più un sopra e un sotto, e distinguibili pareti. Due uomini in mimetica, con la maschera di filtraggio stretta sulla faccia, che si avvicinano sollevando le braccia, mostrando le armi sopra la testa.

Altri di loro, in lontananza, continuano a dare la caccia al branco dei maiali mutati, disorientati dalla sconnessione della loro lurida regina, allungando ovunque le lingue roventi dei loro lanciafiamme basici, cuocendo tutto ciò che si muove. Le urla di quelle bestie sembrano umane, adesso. Qualcosa è fiorito, forse, nel DNA della loro sofferenza.

I due uomini, gli assassini della super-scrofa, stretti in tute da combattimento prive di stemmi di riconoscimento, si avvicinano a Zack, Oceanne e Dakota, che restano in guardia stringendo i denti, per fermarsi a pochi metri e controllare qualcosa sull'analizzatore da polso, prima di scambiarsi un cenno di okay, sfilarsi le maschere e rivelare i loro volti.

«Ehi, tranquilli, siamo amici, non cani da riporto governativi», esordisce sorridendo quello più robusto, dai capelli rasati, fissando il coltello a serramanico nella mano destra di Zack, che vibra con lo stesso ritmo delle sue gambe spaventate. Quell'affare gli è schizzato vicino ai piedi, dopo che il mostro ha schiacciato Logan come una merda di cane, e lui l'ha subito raccolto. «Dov'è Mona, e la bambina, Grace? E tutti gli altri?», domanda il pelato armato fino ai denti. «A parte questo…», aggiunge poi osservando con disgusto ciò che resta sul pavimento di Logan: una secchiata umana alla Pollock.

«Prima di fare domande dovresti presentarti, *capellone*», ruggisce Oceanne. «Tu e quel damerino là. Sembrate saperla lunga… *Mona, Grace…* ma di che parlate?»

«Giusto. Fai parlare me, sei il solito caterpillar…», prende la parola quello giovane e magro, col viso incorniciato da una barba curata, dimostrando di possedere la lingua, e di saperla usare bene. «Ci manda Jackson Napoleone, avete presente il settimo cavalleggeri… *i buoni*, insomma. Ecco, siamo noi… o qualcosa del genere. Mi chiamano Messerschmitt, mentre questo minaccioso bestione è il capitano Moki. E gli altri che stanno cuocendo vive quelle bestie sono i nostri compagni. Avete mai sentito parlare della Legione 1831? Eccoci qui, reggimento 7, al vostro servizio.»

«Parli della vecchia *Legione Straniera?* Pensavo fosse stata sciolta anni fa, se ne sono dette tante sul vostro conto… non proprio il massimo, a dirla tutta. Cacciatori di taglie, mercenari, assassini a noleggio. Non è che ci hai tranquillizzato granché, Messerch... *al diavolo*, insomma, come ti chiami», interviene Zack a muso duro. «E chi ci dice che vi manda il professore? Mi pare difficile, l'hanno trasferito alla Fortezza, quindi... o siete al soldo di questi bastardi, o stai dicendo delle belle cazzate...»

«*Cazzate?* Vi abbiamo salvato il culo, se non ve ne siete accorti, e vi rode pure? Sarebbe stato meglio lasciarvi giocare con quella scrofa affamata... ripeto la domanda: *Dove sono Mona e Grace?*», incalza Moki alterato; come tutti gli operativi odia le perdite di tempo, e sa bene che bisogna portare via le chiappe da quel posto il prima possibile... scotta troppo ormai, e attirerà come il miele dei veri figli di puttana. Tanti figli di puttana.

«Stai buono Moki, hanno ragione a essere diffidenti. Lasciamo parlare *lui*, e tagliamo corto. Lo stanno portando qui, eccolo...», chiarisce Messerschmitt, voltandosi verso una coppia di legionari che si avvicina a passo lento, trasportando a braccia uno strano aggeggio rettangolare. Non si tratta di attrezzatura militare, tutt'altro.

Ai superstiti bastano altri pochi metri per osservare l'oggetto più da vicino, e capire di cosa si tratta. Un contenitore di meprolite trasparente, pieno di liquido giallastro, con dentro la testa di Jackson, ancora viva e cosciente, come viene subito dimostrato dalle sue parole, filtrate attraverso una grata collegata a un sensore infilato nella gola del professore, che gli consente di dialogare con l'esterno pur restando in apparente apnea nel lubrificante in cui è immerso.

«*Professore! Cristo, sei proprio tu...* che ti hanno fatto questi bastardi?», esclama Zack balzando in avanti per avvicinarsi a ciò che resta dell'amico, brandendo il coltello verso i due legionari che, dopo aver poggiato quell'affare infernale sul pavimento, arretrano per sicurezza. Rompighiaccio è su di giri, gli ci vorrebbe una tanica di tequila per calmarsi.

«Rompighiaccio, hai la faccia di un fantasma... ma te la stai prendendo con gli uomini sbagliati. Moki è un vecchio amico, è grazie a lui, e ai suoi, se adesso sono qui, fuori dalla Fortezza... è un vero e proprio record, sai... nessuno è mai uscito da là, nemmeno morto, o a pezzi come me. Come stanno Mona, Grace, e tutti gli altri?», chiede poi con quella voce sinterizzata che somiglia al ronzio di un calabrone.

«Una brutta storia, professore... dura da spiegare. Ma perché solo la tua testa... e il resto?», chiede Zack con gli occhi spalancati davanti a quell'acquario parlante, con dentro un pezzo del suo amico a bagnomaria. Vivo. *Come cazzo è possibile?*

«Non c'è molto tempo per le spiegazioni, ti basti sapere che alla Fortezza usano un sistema particolare anti-evasione, lo chiamano '*divisione*'... pensa che il resto del mio corpo adesso si trova, a pezzi, con tessuti e organi ancora funzionanti, in contenitori come questo... dentro una specie di macabro caveau. Ci tengono dentro, in quel modo, tutti i prigionieri... migliaia, possiedono la tecnologia per assemblare di nuovo i corpi, volendo. *Dipende da quanto sei disposto a collaborare, insomma, e da quanto puoi servirgli o meno di nuovo tutto intero.* Moki con i suoi è riuscito a portare fuori da là solo ciò che vedi, la mia povera testa, ma ha perso parecchi dei suoi durante la missione, quindi capirai che non è particolarmente di buon umore, oggi», spiega Jackson. «Ma c'è di più... questo affare, staccato dal sistema centrale, dai suoi iniettori di conservazione, ha un'autonomia limitata. Parliamo di ore. Sto per crepare, amico mio, quindi rispondimi. *Che ne è stato di Mona e Grace?* Vai dritto al punto, non c'è tempo per girarci troppo intorno.»

Zack, con le lacrime agli occhi, racconta la fine di Mona, e di tutti gli altri che non ce l'hanno fatta, bastardi e non. Poi, notando il viso dell'amico sprofondare nella più cupa tristezza, e il liquido del contenitore scurirsi sempre più, corre a cercare Grace, nascosta dietro un armadietto, di nuovo viva adesso, grazie all'alba che sta iniziando a illuminare la sagoma del trash vortex, per prenderla in braccio e mostrargliela, a pochi centimetri dalla parete di meprolite dell'infernale congegno in cui è stata imbottigliata la parte pensante del professore.

Jackson riapre gli occhi, sorride alla sua piccola che si divincola tra le grosse mani impacciate di Rompighiaccio. Tenta di parlare, ma la sua voce di calabrone è sempre meno comprensibile. Le ore di sopravvivenza in quello stato devono essere arrivate agli sgoccioli. «Grrrace.... Non averrrr mai paurrra», rantola, prima di serrare di nuovo gli occhi e andarsene, mentre una spia rossa sulla cornice di comando del dispositivo prende a lampeggiare sempre più veloce. Poi il contenitore si spegne, lasciando la testa di Jackson al buio, quella stessa trama oscura che lui sta già saggiando durante il volo nel pozzo nero. Ma adesso è di nuovo tutto intero il professore, compresa la speranza installata tra i polmoni. *Grace, lei è salva.*

Mentre gli sfilano accanto le pareti dell'imbuto che lo risucchia alla velocità della luce, sente i denti da coccodrillo scattare, là sul fondo… sa che presto il suo corpo sarà di nuovo fatto a pezzi, e nessuno si preoccuperà di conservarlo per una confessione o per sadici esperimenti. Sarà spolpato, punto e basta, mentre l'anima, la microscopica anguilla iridescente che sa come sfuggire alle prime fauci, si infilerà tra le grate, là sotto, evitando le lame delle ventole, per saltare nel Mar Amargo del mondo sottoterra, il fiume sagomato tra rive di una macabra Amazzonia con le sue sponde alberate da palizzate di teste umane scarnificate, e magari scartare all'ultimo momento in un canale di mezzo, un affluente dal collo stretto che gli consentirà di poter continuare a osservare la vita di sopra, prima di arrivare all'ultima fermata, la cascata dove ci si fonde con tutto il resto, e dove si percepiscono, iniettate nel nucleo dei nervi, le sofferenze di tutto il mondo già morto: una coscienza collettiva di dolore, quello che molti chiamano Inferno. Ma ci vorrà fortuna, e l'aiuto di correnti favorevoli, per non arrivare subito fin là, e poter sostare per un po', tenendosi e attorcigliandosi, fino allo sfinimento, a quel pezzo grosso sfuggito ai coccodrilli e sfilettato dalle ventole che non segue la corrente della morte infinita.

Mentre Zack e Oceanne assistono alla fine di Jackson, in ginocchio davanti alla sua testa che gorgoglia nel carburante opalescente del contenitore, ancorata sul fondo da uno spezzone di spina dorsale in fibra ottica supreme, Dakota si scaglia contro Messerschmitt rifilandogli una ginocchiata nelle palle. In un secondo uno dei legionari addetti al trasporto del professore in scatola, grosso come un gorilla, afferra per il collo la ragazza e la solleva da terra con un braccio solo, ghignando.

«Fermo, lasciala», mugugna Messerschmitt sofferente, piegato in due. «Me la vedo io.»

Il bestione molla a terra la donna e si allontana borbottando. Per lui niente maiali mutati da scannare, e nemmeno qualcuno da strangolare. Una missione del cazzo, mentre gli altri compagni si sono divertiti molto di più.

«Che ti prende?», sussurra Messerschmitt sotto il muso di Dakota, evitando di farsi sentire dagli altri.

«Lo sai bene, *campione*», le risponde lei spruzzando veleno da tutti i pori. «Nemmeno mi chiedi di Rae… sei un pezzo di merda, come tutti i porci del Bon Bon. Tu e i tuoi amici della Milizia, con cui te la facevi allegramente, mi pare. *Altro che settimo cavalleggeri*. Ma da che parte stai? Se siamo finite qui, poi, è solo colpa tua. Tenersi un bambino di un cliente... di un maiale... Rae era proprio una pazza, una specie a parte. Ma mi ha raccontato tutto, quindi non fare il furbo.»

«Non sai quello che dici», replica lui. «E abbassa la voce. Sono qui anche per lei, e per...»

«ANNAPURNA, cazzo! Nemmeno sai come si chiama», ringhia Dakota cercando si liberarsi dalla presa dell'uomo.

«Non hai capito niente, datti una calmata», risponde l'uomo rosso in viso, guardando con la coda dell'occhio il capitano Moki, che ha inarcato un sopracciglio, insospettito da quell'acceso dialogo. «Fare parte della Milizia era una copertura, e dovevo comportarmi come loro. Ma questo non sono tenuto a spiegartelo, e non è certo il punto. Per la bambina invece... Rae era sicura fosse mia figlia, ma come è possibile saperlo, insomma, parliamo di una...»

«Di una *puttana,* certo, puoi dirlo forte, quindi... te ne freghi, no? Facile... come se lei avesse sfornato figli per tutto il plotone della Milizia *L'ha voluta Annapurna,* per te, campione. Pensa, perfino le puttane possono innamorarsi. Comunque, lei ora è finita male, puoi goderti la scena, guarda là. *Problema risolto, giusto?* Sei proprio un pezzo di merda.»

Messerschmitt si allontana di colpo da Dakota, seguendo il dito della ragazza che gli sta indicando il corpo di Rae, mezzo sepolto dai detriti. Il legionario si piega e osserva ciò che resta della donna, non riesce nemmeno a riconoscerne il viso, schiantato dall'armadietto. Logan ha fatto davvero un bel lavoro, per nascondere le sue nefandezze.

Ma quelle mani, dalle dita esili e le linee armoniose, gli accendono subito la mente, aprendo uno squarcio di passato dalla impossibile pelle di albicocca. Quel corpo morbido, quelle cosce che stringevano forte, troppo forte, come per assemblare, inventare un terzo elemento, qualcosa da tenere dentro per sempre, per resistere alle sinfonie dei cecchini e agli altri uomini che le sudavano rabbia addosso. Quella sera al Bon Bon, quegli occhi pieni di crepacci, di profondità immense, e anche di speroni ai quali potersi appigliare, per non crepare col cuore secco, in quel mondo alla deriva... non sembrava proprio una puttana. E non era la tequila o il succo di adrenalina ad avergli appannato la mente. No, Rae era diversa da tutte le altre, e la loro storia era continuata anche fuori dal bordello. Lei era il miele, il melograno da scoprire, contandone tutti i 600 arilli viola, trovarci se stesso dentro, in altri frammenti. Ma era anche qualcosa da dimenticare in fretta, ogni giorno di battaglia. Finché gli aveva detto di essere incinta, e lui le aveva riso in faccia —*Mi prendi per il culo?* — proprio il giorno prima di dover abbandonare la copertura e tornare alla Legione, per una nuova missione.

Annapurna era nata durante un bombardamento sulla Zona1, un Vietnam al cubo, una notte di elicotteri e napalm, e a lui era lampeggiato il comunicatore durante una ricognizione a 2.000 chilometri di distanza.

— *Lei c'è, da adesso... ma non ti dirò mai il nome* —.

Lei... era una *lei* dunque. Chissà se aveva gli stessi occhi della madre, e gli artigli della bellezza che graffiavano così forte, la schiena, il cuore, lo stomaco. Mentre tutto intorno rigurgitava sangue e molecole contaminate.

«Dov'è lei? Dov'è *Annapurna*?», sussurra Messerschmitt dopo essersi rialzato folgorato dal cavo elettrico che aveva così bene interrato nelle viscere, e aver stretto le mani di Dakota, tanto forte da farle male. «*Dov'è Annapurna?*»

In quel momento, una piccola mano gli sfiora la barba, si volta e vede di nuovo lo sguardo di Rae — malachite, pioggia e deserto— dopo così tanto tempo.

Il capitano Moki scuote la testa rasata e si allontana sorridendo.

8
DAVANTI ALLA SENNA

NUOVA FRANCIA
PARIGI

Messerschmitt osserva la Senna da una finestra blindata in Rue des Bernardins. Non è così che la ricordava, la superstrada d'acqua di Parigi, con quelle acque granata tagliate dai rasoi delle formazioni a triangolo dei ratti mutati in cerca di carne di giornata galleggiante — dal Pont Neuf continuano a saltare giù anime disperate — con le sponde massicce popolate da papponi che marchiano le chiappe di drappelli di puttane da circo con tre tette, le sfollate più preziose delle istallazioni Meriad del porto di Eilat, dalla famigerata Zona 176 finita sotto trenta metri d'acqua.

Dopo Uxor, il Mar Rosso ha deciso di fare la sua parte del lurido piano apocalittico, minimizzando l'inquinamento umano del pianeta ormai allo stremo delle risorse: i troppi, i senzatetto e i poveri, trascinandoli via da quella terra di confine, dalla bocca piena di sabbia, una volta l'anno, un gentile rito di primavera che si ripete, un diluvio seriale, ingoiando tensostrutture e accampamenti con fogne a cielo aperto, dove una nuova genìa di affogati e stronzi, fenomeni da baraccone e carne da cannone, è stata raccolta in massa spinta dalle promesse, alitate tra i denti falsi di funzionari governativi con testicoli di polistirolo e fuoriserie a dodici sportelli, di costruzione di nuovi quartieri nell'entroterra, moderni e funzionali. Ma non sono altro che hangar-mattatoi che circoscrivono l'area, sotto controllo militare.

Un ferro di cavallo di sterminio. Troppi, sono troppi.

La capitale della nuova Francia è un cerbero spaziale di nuova generazione, e le tre teste sul collo, con le loro zanne temporali, masticano cose diverse. Una mitologia di Saturno nuova di zecca che in parte specchia quella ˏterrestre, la greca dell'antichità, aggiungendo al cocktail nuovi ingredienti: angostura al curaro, scorza d'arancia e di Uxor 77, spuma di prioni avariati e un goccio di brandy di stelle infette; il loro latte scaduto munto dalle tenaglie del nuovo ordine galattico bombardato da asteroidi avvelenati, biglie giganti incendiarie sparate in mille orbite. *C'è un dio sadico lassù, nel velluto nero dello spazio, seduto sopra la tavoletta di platino del suo augusto cesso, che si è forse letto l'intera epopea di Justine?*

La bocca del passato del cerbero immaginario di Parigi è chiusa, cucita, e mugugna bestemmie, quella del presente, laida, sbava Plutonio2 infettando ogni cosa, dalle falde della società fino all'elisir trasparente della morale, adesso color piscio, mentre l'ultima, la più grande, la bocca dell'avvenire, agganciata alle mascelle da tirannosauro della testa più grande, la terza, aspetta il suo turno per schiacciare tra i denti il pompelmo verde del pianeta, aspro e immaturo, e lasciarne morire il succo nell'immobile gravità.

Ma Parigi non è certo un'eccezione, ogni città, megalopoli o baraccopoli, ogni deserto o collina cotta dalle piogge radioattive, bollenti come lo sperma di un carcerato in isolamento da anni, può contare su un canide-armageddon infame, sulle sue tre teste apocalittiche strette in un collare tempestato di spuntoni di dilitio.

Si sente abbaiare qualcosa, notte e giorno, ci si sente morire ogni volta. Devi schierarti: *cosa vuoi essere, preda o predatore?* Non c'è una via di mezzo più nobile, più giusta. Non dallo schianto di Uxor in poi, che ha disegnato il grande cratere di Bhubaneswar e i tanti piccoli figliastri delle schegge, una moltitudine di pozzi neri aperti quassù, nel mondo di sopra, ormai diventato un campo minato d'oltretomba.

Cammina sui bordi, osserva le circonferenze piccole e grandi, le porte del Samsara dall'esofago di chilometri. Dove finirai, prima o poi, ricomincerai da zero, forse come un sacco di cellule animali. Immaginati come uno scorpione, una scimmia, un gabbiano cloacale, sempre meglio che tornare in superficie dentro un uomo o una donna, magari a tre tette, e doverti mettere in coda alla lunga fila dei suicidi che scalano lentamente il Pont Neuf, per saltare nella Senna dei ratti, oppure sederti su uno dei moli marcescenti di Calcutta, mandala ricoperti di fiori arancioni e polvere di ossa, incrociare la gambe col corpo dipinto di azzurro, pregare e poi tuffarti nelle acque del fiume Hoogly, nelle sue nuove, increspate rapide di tagliole viventi dalla coda primitiva e gli occhi galleggianti incorniciati di pietra. I coccodrilli del Bengala, sottomarini senza

elica, dal motore a scoppio d'istinto. Una morte veloce, dopotutto,
una sedia elettrica di denti.

Messerschmitt osserva la Senna, si sporge dalla finestra, dopo
averne sbloccato gli ingranaggi di sicurezza, e piega il collo e la
schiena verso Sud, lasciando correre gli occhi di sbieco lungo le linee
della strada là sotto che gli fanno da inconsapevole meridiano. Dal
tredicesimo piano dove si trova, prova a scorgere il quartiere
apocalittico per eccellenza, il pozzo nero della città, Paris Sud 5,
l'Hyper-Bronx che come una metastasi si sta diffondendo sempre
più, contaminando e divorando quartieri, stendendo i propri confini.
In fondo quella zona, anche se ben ancorata sulla calotta cranica
della Terra, non è così diversa da uno dei tanti trash vortex oceanici,
gli altari di scarti e rifiuti che vogliono farsi isole e continenti, e
spaccare, fottere la vecchia geografia cozzandoci addosso con le
proprie prue rinforzate d'acciaio. Una flotta ateniese 2.0 con gli
scarichi da formula uno dei gas di decomposizione al posto delle
obsolete vele.

Paris Sud 5, il letto della puttana, bucato da piattole grosse come
talpe, in cui godi, ti liberi, ma dal quale scappi subito per tornartene
nel tuo pulito appartamento, per farti una doccia e toglierti di dosso
il Bronx che ti rantola dentro.

Paris Sud 5, il mercato delle proteine umane a buon mercato,
delle tre tette egiziane, la galleria del vento per i protoni delle
pulsioni più infami, la cattedrale dove risuona senza sosta, come una
sirena antiaerea, il mantra del cannibalismo organizzato. Mangia.
Scopa. Mangia e ammazza. Scopa e ammazza. Scappa. Scappa e corri
più veloce che puoi.

Paris Sud 5, il serramanico-vibratore, un metafisico cubo nero da
Pianeta delle Scimmie rivestito di pelle di ratto, la cisterna aliena,
con un rubinetto forato su ogni lato, dai quali escono vermi di carne
umana tritata. Una Gerusalemme che sfoggia sulle proprie torri le
bandiere di placente essiccate, con le sue strade mestruate e le
cupole dorate dipinte con cristalli di liquido amniotico e piscio di
vergini. Un' arca dell'alleanza farcita con vulve senzienti, dotate di
cervelletto, grosse come teste di bisonti. Il balcone, là in piazza, che
espone il sudario di un dio femmina dalle tette tatuate; due mandala
con grossi capezzoli. il Muro della Goduria con glory holes dai quali
spuntano glutei freschi e un bisturi per l'assaggio. La Statua del

Marchese De Sade con la scalinata di lingua per saltargli nel ventre e poter fare un'autopsia dall'interno, trasformandosi in una sonda con due gambe, dei suoi pensieri fossili, scolpiti, che rivestono organi di plastica in scala 50/1. La Stele di Giovanna d'Arco, a forma di vergine di ferro, che si apre e chiude continuamente, mostrando il cadavere della morale fotografato in un urlo definitivo, come il fermo immagine di un fottuto di Pompei dalle mascelle spalancate che manda a fanculo quel vulcano, prima di diventare statua. La grandinata di colori dei bordelli, con le loro creative insegne olografiche che sparano in cielo tette, stormi di fiche alate, cazzi grossi come dirigibili. Lo Sphinx Tatoué, il top del lupanare del ventunesimo secolo, che proietta verso la Luna il suo colonnato di vibratori di luce; una replica eretica di Piazza San Pietro a Roma, del balcone santo dal quale un fittizio prete elettronico dal cappello a tre punte, la veste decorata da una cerniera di bottoni rossi e un machete nel fodero sul fianco, che annuncia la prima papessa transgender, Olympia I, sventolando un retino acchiappafarfalle dalla trama a rombi di fili d'oro. Una donna nuda appesa come un grosso salame di fianco alla regale entrata del Deaux Jambes, il ristorante cannibalico più alla moda del quartiere; è il momento dell''Happy Hours vivente organizzato dallo chef Dorian Moreau, che invita i clienti ad assaggiare un pezzo di carne della femmina imbavagliata, mostrando un forchettone da asporto di tessuti e una vasca di platrex piena di olio bollente dove cuocere i bocconcini, circondata da un fritto di dita umane, che somigliano a patatine, e una cornice verde di broccoli della Nuova Scozia, più preziosi dei diamanti, ormai.

«Allora Victor, posso contare su di te?», chiede Messerschmitt voltandosi verso il suo interlocutore.

«Non posso dirti di no, lo sai... e sia, porta la bambina, ci prenderemo cura di lei. C'è altro che posso fare per te?», risponde l'altro alzandosi dalla poltrona.

«Sei un amico, stavolta sei tu a salvarmi il culo. Senti, sì, c'è altro... dopo quello che è successo al bunker, sarà necessario cambiarle nome. Annapurna è insolito, qui a Parigi... attirerebbe l'attenzione, e quei bastardi della Milizia in qualche modo potrebbero arrivare a lei, e poi a me e agli altri sopravvissuti. Soprattutto a Grace, è lei che vogliono... Non avranno digerito per niente la faccenda, li abbiamo fottuti e la cosa gli brucerà parecchio le chiappe. Conosco il Capitano Kirkus, non è uno che si arrende facilmente, e non ha per niente senso dell'umorismo», spiega Messerschmitt sorridendo. «Insomma, li conosci, avranno già scatenato tutti i loro cani da riporto. Non rendiamogliela troppo facile.»

«Chissà che pensavo mi chiedessi. Nessun problema, mi devono qualche favore al Municipalité, sarà fatto. Allora, vediamo... *che ne dici di Kiki?* Qui a Parigi va di gran moda, come tutto ciò che riguarda il surrealismo. Valli a capire... Non guardarmi con quella faccia, parlo di *Kiki De Montparnasse,* la musa degli artisti, ne avrai sentito parlare.... *No, eh?* Fa lo stesso, ce ne sono a centinaia a Parigi con quel nome, quello che ci serve. Affare fatto?» dice Victor strizzando l'occhio all'amico.

«*Kiki...* uhm, potrebbe funzionare», risponde l'altro massaggiandosi la barba.

«Bene, allora è andata. Ma tu che farai? Sparirai subito un'altra volta?» incalza l'amico.

«Beh, devo riprendere servizio tra una settimana. Dove farà caldo, parecchio caldo. Ma non posso dirti di più», risponde Messerschmitt abbassando gli occhi.

«L'uomo del mistero... Ti aspetto domani, e portaci la piccola *Kiki.* Le farò trovare del gelato. Jeanne ne sarà felice, e non mi farà più a pezzi i coglioni per le mie trasferte», esclama Victor allungando all'amico un bicchiere di brandy, roba che ormai in pochi possono permettersi. «Riserva dei ribelli della Repubblica Mesoamericana... ultima bottiglia.»

Anche Zack, Oceanne e Grace si sono rifugiati a Parigi, grazie ai buoni uffici del colonnello Victor Léger, uno dei mentori di Messerschmitt, un cinquantasettenne dalla pelle da rinoceronte da tre anni a capo della *Garde de Jezebel* della città, una unità governativa dedicata alla lotta contro la prostituzione organizzata. *La Peste Rouge,* come la chiamano tutti là, senza contare il quartiere di Parigi Sud 5, la centrale europea del *'paga, scopa e se hai abbastanza crediti... scanna e ammazza'* dove la Garde non ha nessuna giurisdizione, se non meramente formale. Un'altra copertura, la copertura di una copertura. Ma la matassa è lunga, e arrivare da una estremità all'altra del filo rosso dell'esistenza del colonnello è quasi impossibile.

Dalla finestra del borghese palazzo dove sono stati sistemati, dai piloni ficcati sulla pelle d'asfalto magnetico della Rue de Massimal, si vede sempre la Senna, che adesso sta assorbendo la notte ancora adolescente, con tette piccole e cosce sode senza impronte, facendo proprie quelle molecole scure, metalliche, il bronzo nero fuso che sta colando sulla città.

Il vecchio Turner l'avrebbe saputa dipingere quella scena, con le sue grosse, rozze mani capace di modellare l'apostasia delle ombre farsi il segno della croce tra le granate nane delle file dei bruciatori molecolari laggiù, che fanno da sponda azzurra alle acque, spruzzandoci dentro macchie colorate morenti, frammenti di pigmenti azzurri, gialli, gli stessi del tappeto di pelle di giaguaro apocalittico che impreziosiscono il pavimento dell'ingresso di uno spacciatore di Cloud2. Un antesignano, un eletto, un profeta che fa del lusso un nuovo ordine monouso, mentre i discepoli di qualche notte — già, perché quella roba ti fa secco in meno di una settimana, dopo averti mostrato le tette bianche della Madonna e la cresta di gallo iridescente tra le gambe tornite di un'odalisca di Ingres, potenziata con una coppia di branchie da sirena sulla gola, capace di succhiare senza mai staccarsi — restano immersi nella solita merda di sempre, facendo a sportellate con i colleghi ratti.

Invece Turner, che teorizzava infiniti *Samsara*, specie quando si fotteva una cameriera muta e poteva nutrire il suo demone dai grandi occhi col pepe del 'tutto e niente' in un secondo, lo schianto rovinoso e silenzioso, è stato capace di far vorticare per sempre la sua Tempesta di Neve, con l'eccitato albero maestro stagliato nell'opalescenza di una eiaculazione di madre natura. *Forse non è altro che una massa di schiuma di sapone e calce,* avevano scritto gli invidiosi del 1840, e Zack sta pensando la stessa cosa mentre osserva con un occhio solo, di sbieco, una copia del dipinto appesa nel nuovo salotto di Rue de Massimal, succhiando una bottiglia di Bordeaux particellato. *Niente tequila sintetica qua, cazzo di francesi.*

«Visto che Grace è... insomma, *sta dormendo,* e ne avrà sicuramente per un bel po', che ne dici di... festeggiare?», propone a Oceanne alzandosi dal divano con la faccia da satiro, e allungando una mano sul culo di lei che, là alla finestra, è incantata dalle spettacolari creazioni olografiche in lontananza, che si animano di continuo sopra il guscio di cielo di Paris Sud 5. Un fallo-razzo, con la scintillante scritta 'Saturn V' sull'asta-dorso, e sulla testa un glande di acciaio con tre finestrini panoramici, che parte a tutta birra per centrare il culo — l'unico cratere — di una Luna lasciva eppure ancora vergine, che appare più in alto e che sembra gridare all'impatto, prima di mettersi a cantare. Poi i protoni magici di quelle macchine degli incanti formano una costellazione, no... è una figura umana tratteggiata con linee che si diramano da stelle grasse, una gigantesca bambola gonfiabile, una partner trasparente, equipaggiata con fica a ventosa a calibri multipli coassiali, labbra regolabili modello triglia, sfintere pneumatico risucchiante e mammelle ripiene di spumante indiano; ma dentro non c'è altro, niente organi, budella, cervello... finché poi non compare il cuore, che pulsa anche se non ha niente da pompare là dentro, prima di spalancare le valvole e far saltare fuori, dall'apice, la ballerina di un carillon che ruota su se stessa impalata in un mignolo di dilitio di un presunto gigante.

«Ehi, ci sei?», chiede Zack, continuando a palpare il culo di Oceanne, senza ottenere nessuna reazione. «Non scaldarti troppo però, piccola, sembri volermi spolpare vivo...», insiste Rompighiaccio, provocandola.

«Cosa? Sì, scusami. Non mi piace questo posto», gli risponde lei aprendo appena le labbra. «Andiamocene Zack, ho un brutto presentimento», continua la ragazza stringendosi le braccia intorno alle spalle, come se la temperatura fosse crollata di colpo in mezzo secondo. Ma fa un maledetto caldo, in realtà.

«Chiudi quella dannata finestra, ci penserò io a te. Non temere, *tu hombre es un devorador de monstruos*», le sussurra lui all'orecchio, per poi poggiarsi gli indici sotto il naso, simulando un paio di baffi, e rivelarle una feroce faccia da guerriero mexicano, anche se non può contare sul suo assurdo sombrero-disco volante a lucine intermittenti.

«Quanto sei stupido...», gli sorride Oceanne.

È riuscito a farla ridere, per la prima volta da quando sono arrivati a Parigi. Il primo sorriso post-bunker.

Dakota, un tipo che non perde tempo, con la sua spara-stronzi infilata nella cintura, dietro la schiena, e la Senna sulla sinistra, che sembra accompagnarla osservandola incuriosita, cammina svelta puntando dritto verso il quadrante nord-ovest della città; ha un appuntamento.

Tienitelo pure, Messerchcazzone, il tuo lavoretto al municipio... trecento crediti al mese, come no... Cristo, roba da crepare di fame. Con queste qua, pensa stringendosi soddisfatta le tette sode, *si può*

*fare meglio, molto meglio. Ma niente papponi. Vediamo come
funziona da queste parti, nella Parigi del fotti-fotti.*

La stanno aspettando alla Huître avec deux perles, un bordello
non più tanto alla moda come una volta, incassato nel sotterraneo di
un vecchio magazzino di batterie termoioniche in Rue Biot, vicino
alla Place de Clichy.

Quel posto le è stato consigliato da Claire, una vecchia megera,
una medusa coi bigodini rosa e la faccia grigia come le gallerie
cieche della Métro, la caporalessa dell'impresa di pulizie addetta al
cluster di palazzi dove Dakota è stata trasferita in tutta fretta,
appena dopo lo sbarco a Marsiglia. Una zona periferica lontana da
occhi indiscreti. Cergy-Pontoise, il distretto dei vecchi, quello che
tutti chiamano Cimetière des éléphants, grattandosi i coglioni per
non finirci mai.

Di recente costruzione, sulle radici molli del vecchio mercato del
pesce e di un colossale centro commerciale che non vendeva più una
spilla o una singola braciola di maiale, abbattuti entrambi dalle
ruspe in quatto e quattr'otto due anni fa, il quartiere è stato farcito
da ufficiali in pensione e laidi cardinali ipoglicemici fuori corso,
azzoppati dalla gotta e dagli eccessi di una vita, con la loro orrida,
stantia corte di magre perpetue ingrite, con sui fianchi saldata la
cintura di castità della bruttezza, quella senza chiave e codici
d'emergenza, e un armadio a doppio fondo con teste, vagine e interi
mezzi busti di sex-doll di vecchia generazione che funzionano a
intermittenza. Uno sfogatoio vintage in piena regola.

Ma ci sono altri esemplari indigeni interessanti in quel posto,
malati terminali con le tasche abbastanza colme da riuscire a
trascinare la propria esistenza fino a un'età a tre cifre, coi loro
appartamenti dotati di macchinari d'avanguardia che respirano,
filtrano, masticano, pompano e cacano per loro. Più di uno di questi
fottuti trichechi è dotato di proboscidi artificiali intercambiabili in
grado di molestare giovani nipoti dalla carne fresca in visita di
cortesia. Devono essersi ispirati all'ultimo pennello di Monet, quello
lungo tre metri grazie al quale, dal letto in cui era ormai costretto,
poteva continuare a dipingere sul soffitto della sua camera d'albergo
i visi e le emozioni dei preoccupati parenti e amici.

Prolunghe diverse per esigenze differenti.

*Beh, Messerchcazzone, i tuoi amici pensano di saperla lunga,
'sarai al sicuro qua, non ti troveranno', forse, ma vorrei vedere loro
vivere là… il più giovane se ne va in giro con due micro-bombole a*

ossigeno sulla schiena, un sommozzatore d'altura, che cazzo. Non hai altra scelta che tagliarti le vene e sperare in un inferno più allegro. Oppure meglio farsi beccare e provare l'ebbrezza della Fortezza, con una coscia in una cassetta del caveau e la testa in un'altra... sempre meglio che farsi imbottigliare in un pozzo grigio come quello, il condotto fetente dell'altro, nero e definitivo.

«Se cerchi qualcosa da fare, là cercano personale...», le aveva confidato Claire la megera, sollevando la gonna per chiarire il tipo di lavoro. Niente mutande sotto... pare che le parigine siano abituate così, a far respirare en plein air le loro vulve impressioniste. Infatti, a Dakota aveva fatto davvero *impressione* il canale di piacere della vecchia, dove solo i coraggiosi potrebbero ancora pensare di transitare, coperto da folto pelo scuro fino all'ombelico.

Cazzo, ma non hanno mai sentito parlare di depilazione, da queste parti?

«Le dilettanti però non le vogliono, te lo dico subito. Dipende da quanto ci sai fare, bellezza... ai miei tempi ci ho passato sei mesi e... beh, non per vantarmi, ma ero una delle Queen più richieste. Non ti stupire, bella mia, *la pelliccia di sotto* è ancora di tendenza, qui a Parigi.»

Arrivata davanti all'ingresso della Huître avec deux perles, non certo magnificente come quelle mega-strutture di Paris Sud 5, l'Eldorado dell'accoppiamento e dello strazio, Dakota suona il campanello, e le due sezioni della porta a scorrimento vengono subito ingoiate dalle pareti, lasciando apparire una sorta di entraîneuse sormontata da una parrucca platino dalla forma di una torta da matrimonio a dieci strati, tette gigantesche e culo da ippopotamo che sfidano le capacità elastiche del tessuto di raso pleonico color argento che avvolge la formosa figura.

«Si entra da sotto, seguimi», borbotta quella con voce gutturale, indicando un ascensore dalla superficie riflettente, facendo sospettare Dakota che quel parossismo di carne, insaccato in un costume da puttana aliena, non sia di sesso femminile convenzionale.

Seguendo il grosso culo della luccicante entraîneuse, Dakota percorre un lungo budello, foderato con pannelli di plektek scadente con sopra inchiodati dei display che mostrano una demo dei servizi speciali del bordello — la sequenza accelerata di una troia col culo verniciato come un tirassegno, con cento punti stampati sul bordo del cerchio rosso intorno all'ano, e un lanciatore di micro-coltelli alle sue spalle che prende la mira con occhi bovini, annacquati.

A destra e sinistra la ragazza nota una fila di portelli, probabilmente le stanze dove lavorano le puttane; sembrano essere di tre tipi, rosa, con sopra stampata un'ostrica con le valve spalancate, che mostra orgogliosa la sua brillante perla all'interno; blu, con molluschi più grossi delle altre, dotati di due perle; e nere, caratterizzate dallo stemma luminoso di tre mammelle concentriche che cambiano continuamente di posto.

Arrivata alla fine del corridoio, davanti a un ingresso a scorrimento più ampio, che inizia a svelare il suo contenuto — un ufficio dalla forma triangolare con una scrivania in fondo, e pareti ricoperte di tele astratte — la ragazza dalla parrucca platinata lascia a Dakota due parole a mezza bocca: «Buona fortuna», prima di allontanarsi in fretta, galoppando via sui suoi tacchi vertiginosi trasparenti, che contengono un liquido denso, rossastro.

«Entra pure», dice un uomo dalla stazza robusta e la pelle azzurrognola, seduto sul suo trono da Mister Bordello dai braccioli a forma di giganteschi clitoridi. «Benvenuta Dakota. Siediti pure. Io sono Big Blue... beh, puoi capire facilmente perché mi chiamano così, sai... succhiare vita dalla placenta di una donna contaminata porta a cose bizzarre. Dunque, ho appena rilevato questo posto, e sto cercando di rimodernarlo. Non è ancora al livello delle meraviglie di Paris Sud 5, certo, quelli sono professionisti, ma stiamo adeguandoci anche qui. I clienti sono sempre più esigenti, e creativi.»

«Bene... *Signor Blue*. Io ero una delle stelle di un locale dall'altra parte del mondo... sicuramente non l'avrà mai sentito nominare, ma non importa. Insomma, gestivo più di cinquanta clienti abituali, potrei fare il turno pomeridiano o serale, la mattina ci metto parecchio ad accendere il cervello... insomma, se è possibile. *Ma neanche se ne parla per meno del 40%.*»

«Oh, ma io so bene chi sei, e da dove vieni... ci teniamo informati qui», risponde sorridendo Big Blue, freddando il cuore di Dakota. «Ti cercano in parecchi, *Mademoiselle Roy...* mi costerai cara. Ma sono sicuro che ne varrà la pena.»

«*Cosa? Io non sono in vendita!* E non mi piace per niente chi si fa i cazzi degli altri, *Blueimpiccione*. 40%, prendere o lasciare. Altrimenti avrò consumato inutilmente queste scarpe nuove. *Cristo, mi fanno male i piedi...* ma oltre che con i bidet, qui nella Nuova Francia ce l'avete anche con i taxi?»

«Io prendo sempre tutto, anche qualcosa in più del 100%. Non hai capito la situazione, ma rimedieremo subito», replica l'uomo spingendo un pulsante sotto la scrivania. «Ti spiegherà tutto Guadalupe, il mio braccio destro, un brav'uomo... fin troppo, ma è questione d'esperienza, ci arriverà... io devo andare a contrattare con gli emissari della Milizia, è gente golosa quella, e mi ci vorrà un po'. Ma ci rivedremo presto. Sarai di nuovo una stella, ma della mia collezione», chiude Big Blue alzandosi dalla sua regale postazione, chiudendosi la porta alle spalle e lasciando Dakota da sola nell'ufficio.

Da un ingresso nascosto da un grande mosaico di rettangoli blu, rossi e gialli su sfondo bianco, un ipnotico Mondrian che ha tutta l'aria di essere un originale, spunta fuori Guadalupe, un giovane messicano dal viso segnato dalla miseria e due folcloristici baffi, ora confezionato in un elegante completo blu da tirapiedi mafioso. Prima che Dakota salti in piedi per sfoderare la sua spara-stronzi — ha capito che c'è molto più della sua fica in gioco, là dentro — l'uomo, grosso come un bisonte, le molla un ceffone facendola schiantare contro la porta d'ingresso. Con quelle dita decorate da pesanti anelli di dilitio, uno schiaffo del messicano è peggio di un frontale con un furgone; la ragazza non può far altro che perdere conoscenza e squagliarsi sul pavimento. Con quel colpo, le sono perfino volate via dai piedi le scarpe nuove.

Un laboratorio, una sala operatoria attrezzata con avveniristici pleasodroidi, cinque soli bianchi che da lassù illuminano il corpo di Dakota, steso sul lettino. I suoi capelli biondi che fluiscono dietro la testa come un fiume dallo scheletro d'oro, la rimembranza di una foto di Man Ray, della sua dea Lee Miller col rossetto nero e la mano che custodisce il ventre. I quattro occhi di uomo, due bianchi e neri e un'altra coppia verdi, con sulla faccia una mascherina dotata di un paio di ventole di refrigerazione, che affonda una medusa sulla faccia di Dakota. Anestesia. Un cesore Metzelder che anima il suo rasoio laser, e poi un aspiratore di cellule, a braccio allungabile, che spunta lentamente dalla pancia di metallo di un macchinario senza testa, braccia e nome. La musica di Coltrane, anche qui, che si diffonde nella sala di osservazione, dove Big Blue assiste alla trasformazione della sua bambola vivente sorseggiando champagne di quarant'anni fa, dal gusto un poco arrugginito. Una vasca, agganciata al lettino operatorio, con dentro un set completo di organi umani di neprom:

stomaco, intestino, fegato, polmoni e tutto il resto, tranne il cuore, l'utero, la vagina e il cervello. Il chirurgo, un asiatico armato di scannatore, che fa frullare le micro-lame nell'aria, testandone la velocità, per poi affondare nella sua preda, la spina dorsale da disossare, ripulire della polpa umana, per poi innestarvi, ogni cinque centimetri, i controller di trasporto elettrico NOD e i performer degli iniettori di bioGas4. Le incisioni a scomparsa, i porcospini delle staffe isotroniche da interrare nei muscoli, come mine di conduzione di comandi da consolle. L'asiatico solleva improvvisamente la testa verso l'assistente, deve essere lui ad aver cambiato la musica nel sistema ludico della sala operatoria. Le corde della chitarra che accompagnano I See a Darkness, la friggitrice delle saldature dei circuiti delle scatole nere, i sistemi di back up/backdoor Triton, con la corazza di chip grandi come granelli di polvere. Il Cablatore K, il cacciatore di anguille e lombrichi, che aspira il sistema circolatorio, sostituendo la vecchia rete umana con cavi più veloci e affidabili, con le sue arterie di fibra ottica e i capillari di rame a dispersione che ha arrotolati nello stomaco. Il mulinello di una canna da pesca di Saturno che tira e molla. Il Rivestitore Worf, il sarto definitivo, che pennella e adatta al corpo della donna una pellicola perlacea, la proto-pelle di livello 3, la seta che respira.

La bambola semi-umana, battezzata Isis, con la scocca, i pensieri, i ricordi e la fica di Dakota, è quasi pronta. La sesta della collezione di Big Blue, la terza ancora attiva, in vita. Morirà tra cinque anni, Isis, il giorno del quarantesimo compleanno del suo padrone e demiurgo. Ma presto la tecnologia spingerà i muscoli e le unghie molto più avanti, e non esisteranno più limiti e scadenze. Ma ora non importa. Big Blue abbandona la stanza d'osservazione e si allontana verso le sue stanze, piano -5, dove attenderà il collaudo della sua nuova, splendida bambola neprom, col diritto di ius primae noctis, prima di noleggiarla, insieme alle altre sorelle, ai clienti più esigenti. Servizio Hyper-Premium. Non esiste nulla del genere, in tutto il pianeta. Una galleria di femmine col 'core' biologico ancora intatto, e un corpo che asseconda ogni desiderio, anche se i pensieri bruciano odiando ogni istante della loro mercificazione, e continueranno a farlo, a gridare dentro quelle teste rivestite da una calotta di platino, fino allo spegnimento del sistema. Con bambole del genere, quando Blue le avrà fatte mettere a punto, quando potranno essere eterne 'amanti-odianti', potrà soffiare il posto al Re di Paris Sud 5, il vecchio

Zenon Clerc, meglio conosciuto come Charon, e stringere in mano il volante del quartiere apocalittico. Non aspetta altro, il bordello Huître avec deux perles, le quattro obsolete glory holes maison di periferia, i due laboratori di Cloud1, che fanno secchi i clienti dopo qualche settimana, e un commercio di carne umana illegale confinato a Lione, dove i gusti sono ancora troppo tradizionali, gli vanno troppo stretti, ormai. Ha ben altri progetti.

Il capitano Moki, che insieme a Messerschmitt ha scortato a Parigi i sopravvissuti del bunker, consegnandoli sani e salvi alle loro diverse destinazioni, dopo un lungo volo da Low Point, Terranova, a bordo di un Cargo della Legione mascherato con le insegne della città stato di Rabat, si sta riposando la schiena sul letto della sua camera dell'Hotel Veisser, roba di terza categoria. Dovrà ripartire tra due giorni, è stato assegnato a una nuova missione; stavolta dovrà portare il culo a Gibilterra, per una riunione di coordinamento di teste di ferro, e da là poi spostarsi in Algeria, quadrante sud-ovest, zona non ancora specificata. *E ci credo, altrimenti sai in quanti se la sarebbero svignata ancora prima di partire,* sghignazza da solo il capitano, ridendo dei propri pensieri e ingoiando un altro bicchiere di Chablis parcellizzato, troppo freddo.

Sa già che andrà incontro a una bella rogna, una missione in quella zona non può significare altro che vedersela con quei figli di puttana berberi della provincia di Illizi, terroristi del cazzo che stanno iniziando a prendersi troppe quote del mercato di contrabbando di carne umana in Europa, rompendo i coglioni ai leader, agli attori con la patta grossa, tra i quali i francesi della New Moon Corporation, multinazionale dominante che ha assoldato spesso e volentieri gli squadroni della Legione 1841 per fare abbassare gli occhi ai concorrenti.

Sarà un'altra storia del genere, pensa Moki, immaginando già la sabbia, gli infiniti deserti di pietre, il caldo torrido, la caccia agli elicotteri dalle colline — *bazooka in vista, capitano* — e le pallottole incendiarie di quegli stronzi col turbante, che se ti prendono vivo, o morto abbastanza fresco, ti vendono poi a tranci al mercato di Djanet.

E stavolta non avrà al suo fianco nemmeno il giovane Messerschmitt, uno di cui potersi sempre fidare in battaglia, che pare destinato a qualche altra parte. Forse in Giordania, così ha sentito dire, proprio a un tiro di schioppo dove l'amico è nato ed è stato addestrato, Bet Shemesh, Israele, prima di entrare nella Legione e fottere i reclutatori del Mossad.

Stai in guardia Messerschmitt, stavolta ti taglieranno quella cazzo di barba, e non solo. E io non potrò coprirti il culo.

L'albergo è uno schifo, Moki non ha moglie né figli, e nessuno con cui dover fare i conti, eccetto il Generale Deulofeu, naturalmente... sarebbe un peccato mortale sprecare due giorni nella lussuriosa Parigi a farsi seghe in una stanza d'albergo piena di scarafaggi. Messerschmitt è nello stesso schifo di hotel, due piani sopra, ma stasera l'amico è impegnato con Annapurna, ultima notte insieme prima di mollarla ai coniugi Léger. E poi l'israeliano è ancora in lutto per la morte di Rae, la puttana che gli ha mollato la cazzata del secolo: *essere il padre di quella bambina.... roba da non crederci. Ma se sta bene a lui...* In ogni modo, di certo non potrà contare sul compare, durante il breve soggiorno, e non conosce nessuno in città. «*Uhmmmm*», borbotta Moki facendosi serio, sfiorandosi con le dita la cicatrice sulla mascella.

Ecco cosa ti combinano le troie, pensa, ricordando quella sera ad Ankara, quindici anni prima. *Troia sì, ma meravigliosa. Peccato avesse il vizio di giocare troppo col coltello, perfino a letto. Nisa... Ecco, quella avrebbe potuto fottermi, e perfino farmi lavorare in una fabbrica di lampadine ad assorbimento, fare l'uomo per bene. Salvo per un pelo...* L'amarezza gli cola sulla fronte, e forse gli sta facendo passare la voglia di spassarsela, quella sera. *Beh, se una così mi avesse mollato un figlio in braccio, ci sarei stato senza battere ciglio. E ora non dovrei vedermela con i berberi e gli scorpioni.*

Pensieri che si agitano, che confondono il capitano.

Ma poi, quando uno scarafaggio gli balza sul petto nudo, schifoso e sfrontato, il suo istinto riprende il comando della situazione. *E no, cazzo... stasera mi fotto Parigi, vada come vada.*

Dopo aver litigato a lungo con un tassista indiano, rifiutatosi di portarlo alla destinazione desiderata — Je ne peux pas, Monsier... pas là — e dopo essersi mangiato un paio di chilometri a piedi, Moki si ritrova a Paris Sud 5; se ne rende conto quando a qualche centinaio di metri vede sollevarsi nel cielo le troiate olografiche dallo *Sphinx Tatoué*. Resta meravigliato davanti alle ciclopiche dimensioni di una queen alta quanto due palazzi, stretta nella sua tuta di pelle nera, una sorta di Godzilla della dominazione, che scatena le sciabolate azzurre della sua frusta elettrica su culi pelosi che galleggiano nell'aria come tante mongolfiere. Poi all'improvviso la ciclopica queen si piega sulla strada, come fanno le donne per pisciare... dalla vagina viene calata una scaletta di corda, e un gruppo di festanti maiali, con la faccia coperta dall'antica maschera della peste, ma col becco vibratore, si aggrappano per fiondarsi dentro di lei.

Cristo... se ne parla talmente tanto di quel posto di perdizione, che dev'essere la meta canonica per un solitario pellegrino del sesso, pensa il capitano, rompendo gli indugi e accelerando il passo.

PSSSSSSSSHHH, qualcuno richiama la sua attenzione da un vicolo, ma lui lo ignora e prosegue la marcia verso il bordello. Ma poi ancora *PSSSSSSSSHHH, ehi!*

«Che c'è? Fatti vedere bastardo», risponde lui fermandosi sul posto, sul lato destro della strada, pronto a reagire con le dita sul manico della sua Glock PercussionX7. «Levati subito dalle palle o qualcuno si farà male, e non sarò certo io, amico», aggiunge seccato guardandosi intorno, scrutando anche i tetti dei palazzi intorno. Deformazione professionale, non può farne a meno. Ratti, che si tengono stretto il nido infame, e ombre senza coglioni. Non si vede nient'altro.

Moki allora solleva la mano a visiera, per non lasciarsi confondere dai riflessi dello spara-illusioni del bordello, e si avvicina di qualche passo alla presunta sorgente di quel fastidioso disturbo, deciso a zittirlo una volta per tutte.

Tenendo gli occhi aggrappati all'obiettivo, la stretta bocca del vicolo parlante, sfodera la pistola e toglie la sicura.

«Allora, hai voglia di giocare? Bene, piace anche a me, ora te ne accorgerai», ringhia. «Se mi hai preso per un turista sprovveduto, ti sei sbagliato di grosso. Più che un portafogli e un buon orologio, rimedierai una pallottola in fronte.»

Finalmente qualcosa si anima nel ventre scuro del vicolo, prendendo lentamente forma... lasciando Moki con la sabbia in bocca. *Cleopatra? No, molto meglio. Una dea egizia con tre tette... la specialità del posto.*

Il corpo della ragazza, illuminato a intermittenza dagli scherzi olografici dello Sphinx Tatoué, resta nascosto nel suo improvvisato nido scuro, sinuoso, danzante di muscoli freschi, di proteine e ghiandole gloriose. Ma il capitano poi scopre che quell'incanto è anche dotato di un'armoniosa voce, fresca e sensuale come una fragola immersa nel cioccolato... *da mordere perfino quella,* pensa

Moki, *come tutto il resto, di lei.*

«*Vuoi divertirti?* Allora avvicinati, non posso mostrarmi... la security del bordello mi impiccherebbe a un lampione. Qui funziona così. *Mi hai sentito?*», sussurra la ragazza gesticolando con la mano, invitandolo a lasciare la strada e inoltrarsi nel suo territorio di confine, il dedalo di viuzze che si scorge tra gli imbuti dei vicoli spenti.

«Quelli si prendono il 70%, e ti mollano tra le gambe di una qualsiasi, col cervello senza corrente. Lascia perdere, se vieni con me paghi la metà, e *potrai farlo tre volte. Tre come queste,* che ne dici?», insiste Cleopatra, scuotendo le mammelle, costringendo il capitano a contarle di nuovo, e ammirarle.

La formula magica ha funzionato — *potrai farlo tre volte, tre come queste* — Moki è stato risucchiato dal buco nero del vicolo, che ha strappato via dall'asfalto perfino la sua ombra, e ora si trova a letto con la sua Cleopatra, nudo e sudato, con la faccia paonazza schiacciata dalle grosse tette della ragazza, che gli salta sopra l'inguine, quasi imbizzarrita, suonando le nacchere dei suoi fermagli a forma di conchiglia, stretti tra i lunghi capelli neri.

Come cazzo sono arrivato fin qui? Mi ha spogliato lei?, si chiede il capitano confuso, mentre la ragazza ride di gusto e continua a schiaffeggiarlo con la sua trinità di latteria artigianale. *Un sapore strano in bocca, amaro, eppure questa pandemia di capezzoli sa di rose,* pensa lui leccando a casaccio, mentre cerca di riprendere il controllo della situazione.

«Senti, l'abbiamo già fatto? Beh, se pure fosse non me lo ricordo, quindi ricominciamo», mormora colmo di testosterone. «Avrai quello che vuoi, basta che mi dici *quanto*... ma ora fermati e fammelo mettere dentro.»

Ma c'è qualcosa che non va nella testa di Moki, perché adesso non è più a letto con la procace odalisca egiziana, come un secondo prima, ma si trova a testa in giù, con braccia e gambe legate a una grande ics di metallo, mentre un uomo con una maschera di bambù, la faccia di un pittoresco demone dalla barba viola, sta pompando il pubblico agitando verso l'alto una sega elettrica. *CHARON! CHARON! CHARON!*

INTERLUDIO
LA CODA NERA SEGMENTO 4

TRASH VORTEX 696

La nidiata nera freme, pulsa, si schiude in navigazione mentre il Trash Vortex 696 si sposta lentamente al largo di Ramapuram, nel Golgo del Bengala. Il ratto alpha, baciato dalla fortuna di Uxor, annusa i sette cuccioli glabri, ciechi, appena messi al mondo dalla compagna. Non gli somigliano per niente, nessuno di loro sarà mai l'Alessandro Magno di una nuova razza, più forte, più intelligente, più organizzata. Ratti comuni e nient'altro, niente rock... non saranno certo quella fascia verde fosforescente intorno al ventre, le dimensioni da suino o la coda rigida come un'antenna a fare di quelle inutili creature il plotone primigenio della rivoluzione. Sono mutazioni superflue, scherzi della natura. La materia cerebrale è sempre quella, solo più grossa e grassa, primitiva, istintiva; puzzano tutti di banalità e necessità, maschi e femmine.

Paracadutato insieme alla compagna in quell'Eden di merda dal portello di un cargo che ha mollato in mare tonnellate di scarti, subito attratte dall'orbita del Vortex 696, il ratto alpha è un esemplare insolito, e non solo per il pedigree alieno che ha contaminato — e ingentilito — il DNA delle ultime tre generazioni della sua tribù.

È stato un imprinting creativo e bruciante, come leggere d'un fiato tutti i libri di Henry Miller o ascoltare ogni notte, facendo flessioni con la mente, i Veda canticchiati da un Bodhisattva appena sfrattato dal Nirvana. Il caos della mente e del cuore, una stereofonia di emozioni, la sconosciuta malinconia che ti entra dentro, trascinando il suo lucido carro funebre sotto gli archi di ogni cazzo di istante che passa. Il senso delle cose, non l'odore e la forma. La matrice della morte con tutti i suoi tunnel dell'oltre, non semplicemente scappare dai becchi di gabbiani cloacali o dalle pallottole della fame, e prendere altro tempo senza sapere cosa stai perdendo o guadagnando. *Cose mai provate prima.*

Sulla terraferma, nella sua prima tana all'interno dei condotti dell'impianto di condizionamento di un grattacielo di Singapore, il ratto alpha ha apprezzato la carne umana e il sapore messianico di quelle gustose fibre, la musica di Wagner e la limpida e ipnotica geometria delle costellazioni estive dopo la stagione dei monsoni uxoriani.

Da lassù, sul tetto, trecento piani sopra al mondo dei conquistadores senza pelo — gli uomini— provare l'emozione di pisciare più in alto di tutti loro, almeno per un momento, e poi farsi trascinare, a testa in giù, nel vortice di un immaginario Loop-de-Loops saltando sui pannelli solari abbandonati, inutili come vele sottoterra, lasciarsi proiettare in alto dal loro tessuto elastico e poi farsi riprendere dai ganci della gravità, rimbalzare, abbandonare il peso atomico e tutte le altre zavorre. E continuare a vedere i bipedi sbirri, là sotto, piccoli come formiche. Tutta una questione di prospettiva. Forse in quel momento, in cima al pianeta, sul suo Everest vetrato con un supermercato tra i piedi, è accesa la scintilla, l'idea.

Scalare la catena alimentare.

Non può certo accontentarsi adesso, non gli resta altro che aprire le fauci a tagliola e divorare quell'immonda nidiata di schiavi, sbranando i loro molli tessuti in un jazz di indipendenza, per poi voltarsi, caricare i muscoli e inseguire l'incapace compagna, quell'inutile trasmettitore di ZZZZZZZZZZZZ incomprensibili, un codice morse da fogna attaccato a una vagina buona solo per moltiplicare carne. Raggiungerla, afferrarla per il collo, voltarla a pancia all'insù e scannarla lentamente, facendole spruzzare latte dai rubinetti delle mammelle idiote.

Un altro giorno in cerca dell'anello di congiunzione.

9
CHARON

NUOVA FRANCIA
PARIGI SUD 5, LE CERCLE

«Allora, ha detto tutto?», chiede Charon sedendosi sul letto di Samarah, la Cleopatra dell'immaginazione drogata di Moki.

«Non la finiva più di parlare, mentre mi sbavava sulle tette…», risponde lei al boss di Parigi Sud 5, che solleva appena il capo con soddisfazione, chiudendo gli occhi come se stesse assaporando qualcosa di speciale, animando la discesa verso il collo dei suoi orecchini col pendente a forma di teschio, agganciati ai lobi da un sottile filo d'oro.

La Trinità Camminante, così chiamano il pezzo da novanta del quartiere, che credono tenga sempre a bordo due anime supplementari, quelle degli ultimi ammazzati, imprigionate in quei gioielli di dilitio, nei minuscoli crani scintillanti che gli ondeggiano ai lati del viso come metronomi della morte. Tre è un numero perfetto, come le tette di Samarah.

«Bene, molto bene», sussurra Charon riaprendo gli occhi, per poi voltarsi verso il suo braccio destro, un vietnamita con un occhio nero e uno verde, e una sega elettrica Palmer a tracolla, rimasto sulla porta dell'alcova in attesa di ordini.

«Hanoi, dopo lo spettacolo di stasera… sai cosa fare. Quella bambina vale parecchio, *niente cazzate*», comanda il boss senza nemmeno guardare in faccia il muso giallo, regalando invece una carezza sul viso della fedele Samarah, preziosa pescatrice di uomini dalla fica sempre farcita di sorprese; stavolta aveva dentro una spugna impregnata di Cloud2, ottima idea. Un vecchio metodo da lupanare riportato in auge, simile a quello delle puttane Viet Kong della vecchia Saigon, che con lamette nella vagina erano riuscite a dissanguare parecchi soldati americani.

Samarah ha sangue speciale, come tutte le femmine mutate del suo tipo, le figlie delle maree a plutonio2 a schema nord-africano, che non hanno problemi con la super-droga... e quella Cleopatra apocalittica è pronta a scopare anche con la morte in persona, se necessario. Se la caverebbe, in qualche modo.

«Sarà fatto», si limita a rispondere Hanoi chinando il capo in segno di rispetto, per poi fare cenno a un paio di brutti ceffi di portare via il corpo incosciente del capitano, per la sua ultima destinazione.

Le Cercle, una sorta di arena al sangue, col suo gigantesco ring stretto da tribune circolari, è una delle attrazioni più apprezzate di Parigi Sud 5. Charon sa bene come ingraziarsi i cittadini dell'infame quartiere: farli divertire, esaltare, sfogare, educandoli alla nuova via e poi disponendone a piacimento come carne da cannone, o da confezione sottovuoto, alla prima occasione. Si prende sempre esempio dal passato, nulla si inventa, ma molto si può adattare e trasformare. I globuli rossi della Trinità Camminante sono un frullato di ispirazioni, dentro di lui scorre nello stesso momento un imperatore romano, un faraone e un padrino di Cosa Nostra, ma a questa alchimia il demiurgo di Paris Sud 5 ha aggiunto il pepe del voodoo, un'altra delle sue illusioni senza gambe, elevandosi una spanna sopra molti agli storici figli di troia. Un superdotato Achemenide, gli manca solo di battere moneta, ormai.

Hanoi è uno dei boia preferiti dal pubblico del Cercle, e le scommesse partono subito forte quando è lui a lavorarsi le vittime sul ring. Si parte da 100 crediti *a trancio,* ossia se la vittima resta viva dopo il primo affondo della sega Palmer del vietnamita, e si rilancia a 1000 di base per ogni smembramento successivo, in una serie predefinita di taglio.

Lo spettacolo può durare parecchio, il disgraziato di turno, il tacchino umano spalmato di peperoncino, viene tenuto sotto Cloud2 e adrenalina, tramite un clistere temporizzato, e non può perdere conoscenza e fottere il dolore.

Ma gridare sì, eccome.

La postazione dell'allibratore, Tramp — il 'Pezzente'— Millander dalla faccia da ratto butterato, col suo panama schiacciato in testa, contornato dall'orrida fascia di pelle umana essiccata, strisce cucite di pezzi di glutei femminili, i calzoni lisi e le costose scarpe italiane dalle punte d'argento, suda come un maiale per caricare sui vari display da gioco la grafica della scheda della vittima — età, anamnesi generale e abitudini del soggetto — coordinare le videocamere per gli zoom 4D dell'osservazione avanzata e gli aspiratori di sangue e umori vari, e poi autorizzare le scommesse sul sistema surriscaldato, valutando in tempo reale le statistiche dell'impatto economico della singola transazione; il banco non deve mai saltare, proprio come la testa del tacchino umano, mai prima della fine dello spettacolo.

Gli spettatori-alligatori, incassati nelle poltroncine delle tribune, come un Senato di sadici, dai quali sventolano cappi di corda o strombazzano festanti soffiando in vulve di plastica, per mostrare il gradimento, o meno, dello show, si avventano sulla pulsantiera frontale, dotata delle varie opzioni disponibili:

Time-line di trancio, valorizzata con una sequenza di led verdi che avanzano seguendo gli step dello spettacolo: *Braccio Destro, Braccio Sinistro, Gamba Destra, Gamba Sinistra, Membro e Scroto* (in alternativa, a seconda del sesso, Mammella Destra e Mammella Sinistra), *Gluteo Destro, Gluteo Sinistro e Sorpresa del Boia* — che può essere inserita in qualsiasi blocco della sequenza.

Linea di Gioco, una fila di pulsanti ovali illuminati, verdi, rossi, viola, e azzurri, che somiglia al braccialetto di gemme incastonate sul polso della troia preferita da un pappone di successo: *1-Scommetti, 2-Raddoppia, 3-All-In, 4-Abbandona.*

Ogni click vale un'erezione, o la lubrificazione a colatura per gli alligatori di sesso femminile. Come in borsa, è questione di secondi e di tempistica, il carico di fortuna potrebbe restarsene là a marcire nei testicoli, se si sbaglia una mossa, oppure spruzzare fuori copiosa come il contenuto frizzante di una bottiglia di spumante indiano o la carica di sperma di un fossile di tirannosauro appena rianimato dal suo primordiale e pietrificato blackout.

Hanoi si avvicina al capitano, disegna nell'aria un cerchio con la sua sega elettrica, un Samsara di denti che mordono l'ossigeno, poi si porta una mano all'orecchio scuotendo la testa e la barba viola della sua strana maschera. Il pubblico non è ancora abbastanza caldo, vuole di più. Charon, seduto in prima fila, con al fianco Samarah strangolata da un collare con speroni di diamanti che le illumina il triplice décolleté, si alza in piedi, solleva la mano tatuata con fiori di loto e benedice, prima di stendere il palmo e soffiare verso il pubblico della polvere rossa. Il segnale dell'inizio dello spettacolo. Dagli ugelli del soffitto a cupola del Cercle partono spruzzi di adrenalina, è tutto pronto.

La sega di Hanoi affonda nella spalla di Moki, sollevando mezzo litro di sangue e qualche razione di granita di ossa, ma il capitano sembra ancora troppo stordito, reagisce a malapena, e il pubblico, che ha gustato grida ben più convincenti, si lamenta — *BUUUUUUUUU*— agitando i cappi di corda o calandosi i pantaloni per mostrare le chiappe verso il ring.

Il braccio salta via, cadendo a terra come un tronco, ma alcuni germogli di quel trancio mozzato fioriscono d'incanto: le dita del capitano, ormai libere dalle istruzioni del cervello, si muovono ancora, stringendo il pugno in uno spasmo. Un punto a favore del tacchino umano di turno, e stavolta la gente inizia a soffiare nelle vulve di plastica la sua stonata sinfonia di approvazione. *Ehi, uomo lucertola, bella mossa!,* grida un uomo dal terzo anello, subito zittito e sbattuto di nuovo sulla poltrona dalla grassa moglie, che riprende a spiluccare dita fritte dal suo cartoccio, per poi spalancare gli occhi, folgorata dall'istinto di giocatrice, chinarsi in avanti verso la pulsantiera, trattenendo il respiro e le trippe, per spingere l'unto indice sul pulsante *Raddoppia.*

Il demone vietnamita, sulla scia dell'entusiasmo del pubblico, con un colpo secco dall'alto verso il basso trancia di netto l'altro braccio di Moki, e saltellando improvvisa una danza sotto la pioggia rossa dei geyser scoperchiati nella carne della vittima, che ora spruzzano generosamente. E le grida adesso si sentono... Il capitano ha una bella voce, anche se a volte mastica qualche vocale di troppo, mentre vomita filamenti di anima dal naso e dalla bocca.

Ha parecchia roba in corpo questo bastardo, è resistente e non vuole crepare... Bene, molto bene, pensa Hanoi, pronto a meravigliare la gente con un colpo da teatro. *SORPRESA DEL BOIA!,* esclama tirandosi la barba finta e girando su se stesso come una trottola, per farsi sentire da tutti. Soddisfatto dei livelli di eccitazione dell'audience, posa a terra la sega Palmer, si china sulle ginocchia per osservare il tacchino. *ANCORA VIVO!,* annuncia, poi si rialza per estrarre qualcosa da una vaschetta di metallex.

Le scommesse vanno a mille adesso, e Millander, un bagno di sudore, è costretto a togliersi il panama per star dietro a tutti i grafici e proiezioni che gli impallinano i display. *Gesù Cristo, era meglio continuare a far battere mia sorella, qui c'è da lavorare sul serio,* si dice. Ma Charon paga bene, il Pezzente non può certo lamentarsi se resta sempre in bianco per moltiplicare la sua cazzo di collezione di scarpe italiane; feticci da trecento crediti la coppia... mica uno scherzo.

Il boia svela la sorpresa in modo scenografico, sollevando lentamente, come fosse il Graal, una tenaglia telescopica che stringe la testa di uno degli esseri più fetenti del pianeta: un esemplare di scolopendra variata, un centopiedi baciato dalla fortuna di Uxor, che contorce l'esoscheletro mobile intorno all'asta, cercando di colpire il polso di Hanoi con l'estremità della coda dotata di mandibole, molto più piccole di quelle che gli spuntano sopra gli occhi, potenti e velenose.

OOOOOHHHHHHHHHHHHHH, mormora il pubblico stupito, osservando con ribrezzo e timore quella creatura lunga appena 25 centimetri, della quale ha solo sentito parlare. Roba mai vista nella Nuova Francia, ma quella bestia si è saputa guadagnare una certa fama in Amazzonia, dove vive, grazie ai raccapriccianti racconti dei 'cacciatori di fenomeni' che hanno avuto a che fare con lei. Hanno letto tutti dell'Artropode mangia-intestini, e a quanto pare non si tratta di una semplice leggenda metropolitana, o di storie del cazzo di quei balordi col cappello all'Indiana Jones che vanno in giro per il mondo a catturare meraviglie, le più estreme mutazioni post-uxoriane, per poi venderle a spettacoli dell'orrido, laboratori di ricerca o collezionisti dal culo liscio e crediti infiniti.

Moki rantola, sbava sangue e altra roba schifosa, sembra un pendolo di carne appeso là sopra, senza più le braccia a tenerlo fissato sulla struttura di metallex. Non reagirebbe nemmeno a un altro taglio della sega Palmer, a una gamba che va a puttane, e il vietnamita lo sa bene. Ci vuole qualcosa di diverso, di più bastardo e intenso, per rianimare il tacchino e farlo cantare ancora per il pubblico. Ci vuole l'Amazzonia…

Dopo aver staccato il capitano dal clistere potenziante, con un coltello Hanoi gli taglia i pantaloni strappandoglieli via, intinge il medio in un vasetto di miele e lo passa intorno all'ano del disgraziato, rendendolo più appetibile, poi si pulisce sulla maglietta e con l'altra mano avvicina la tenaglia, con la testa dello spinoso artropode schiacciata dentro, alle chiappe dell'uomo. *OOOOOHHHHHHHHHHHHHH,* rumoreggia di nuovo la gente, stavolta attaccata agli schienali delle poltroncine, come per farsi più lontana dall'orribile scena, come suggerisce l'istinto; il segreto del boia inizia a svelarsi, lo hanno capito tutti, ed è davvero disgustoso. Dopo un primo momento di incertezza, le scommesse riprendono ancora più vigorose, come gli incitamenti al carnefice.

Fagli fare il culo! Forza, lasciala libera quella dolcezza!

Dentro, la vogliamo vedere dentro!
Ma che cazzo è, un'aragosta schiacciata da un camion?

Charon si guarda intorno, ruotando lentamente il cranio tatuato, lucido come il pavimento dell'ufficio del buon vecchio Hitler, e sorride soddisfatto. Costano parecchio al Cercle quelle 'delicatessen', quei carichi esotici da cargo a lungo raggio, ma ne vale sempre la pena. *Se ne parlerà parecchio, e la prossima volta verrà il doppio della gente,* pensa il gran bastardo, sfiorando con le dita il cranio-orecchino che gli dondola alla sinistra, vicino alla mascella. Presto dovrà liberarlo dall'anima dell'ultimo accoppato, e incastrarci quella del capitano, probabilmente ancora urlante.

Il vietnamita finalmente libera la bestia, che atterra sui glutei di Moki, sempre appeso a testa in giù. L'artropode resta agganciato alla carne dell'uomo, tenendosi in equilibrio, e i suoi sensi raffinati sono subito guidati verso l'obiettivo. Il miele, l'antipasto, e poi i teneri intestini crudi dell'essere umano, che neanche cerca di scacciarlo; forse ha soltanto voltato la testa di lato, quando ha sentito le spine del centopiedi ficcarglisi nella carne. La bestiaccia attacca subito, ficca la testa nel culo del capitano, scodinzolando rapida per farsi largo, e in pochi istanti riesce a entrare nella cavità. Ci mette poco a raggiungere l'intestino, e iniziare e mordere e iniettare veleno a ogni curva delle budella.

Il tacchino umano si sveglia dal suo torpore, non può più attendere pigramente la morte, annoiando il pubblico e facendo scemare le scommesse. Sembra gli abbiano ficcato nel culo un cavo elettrico ad alta tensione, sbalza sulla struttura flettendo la schiena, quasi fino a spezzarsela. Digrigna i denti, grida, si dibatte, mostra alla gente gli occhi fuori dalle orbite; *questo sì che è uno spettacolo.*

Eppure, Moki ancora non crepa, nonostante tutto; perfino Hanoi, uno che ne ha viste di tutti i colori, è stupito e costretto a chinarsi per controllargli la giugulare. *ANCORA VIVO,* annuncia dall'apertura della bocca della sua maschera che conserva sempre la stessa espressione ruggente, anche se sotto è sbiancato dalla meraviglia, per poi balzare indietro quando l'uomo riprende di scatto ad agitarsi e divincolarsi dall'invisibile nemico che lo tormenta. *Ancora scommesse...* una serata fortunata per il Cercle. Bene. Il vietnamita allora afferra di nuovo la sega Palmer, l'alza verso Charon in segno di omaggio, come farebbe un gladiatore vittorioso verso l'imperatore, e affonda la lama dentata sul quadricipite sinistro del capitano, staccando di netto un altro trancio dell'uomo, che adesso dalle ultime file non riescono più a distinguere da un grosso salame appeso in cantina. L'insaccato finalmente resta immobile, là sopra a sudare sangue e merda; chi aveva scommesso sull'ennesimo miracolo, attratto da un jackpot fenomenale, resta deluso.

Ma le sue labbra sembrano muoversi, adesso, forse... no, è il centopiedi che sta uscendo dalla bocca del morto, al bastardo piace solo la carne viva.

La mattina seguente, Hanoi si dirige con tre scagnozzi verso l'obiettivo: Grace, al terzo piano di Rue de Massimal. Charon sarà ben ricompensato per il servizio dalla Milizia di Quarantena, foraggiata dalla New Moon Corporation; in cambio della testa della bambina gli è stata garantita una partita della nuova super-droga, la Cloud3, che accontenterà i desideri più perversi ed estremi degli abitanti di Paris Sud 5. Ne avrà abbastanza da poterla spacciare per almeno sei mesi.

Un'offerta generosa ma ovvia, vista l'importanza della faccenda e il fatto che Parigi è il territorio di Charon; nessun'altro può contare su migliaia di occhi e orecchie, e su un vero e proprio esercito di bastardi e puttane. Saprebbe individuare anche la posizione esatta del buco del culo di un passerotto. Nessun problema a trovare una bambina, anche la più speciale del mondo, ed effettuare la consegna in 48 ore.

Il Re del quartiere apocalittico sa come condurre una trattativa, ed è riuscito a spuntare anche la promessa di una licenza per mettere in piedi Il *Suprême*, un grande locale a tema, un suo vecchio pallino. Il successo del Cercle, del tenore di alcuni spettacoli nei quali sono coinvolti freak e immonde creature mutate, lo sta convincendo a organizzare una sorta di circo delle meraviglie, e sta già organizzandosi per ampliare la sua rete di 'cacciatori di fenomeni' in Africa e in India, dove Uxor si è sbizzarrita di più. Charon è un visionario, sempre pronto a superare il confine dei business ormai tradizionali, come la droga, il sesso e il contrabbando di carne umana. Gli è giunto all'orecchio anche il progetto dell'*Heretic Park*, ideato nella Repubblica Mesoamericana, un parco a tema per gli amanti del cannibalismo, ancora in fase di start-up, che pare avere le potenzialità per svilupparsi in un brand internazionale, su cui dover mettere le mani, almeno per ciò che interessa la Nuova Francia. Non bisogna lasciare neanche le briciole ai concorrenti. Big Blue, quell'arrogante caporione del cazzo, col suo leccapiedi mangiatortillas, sono avvisati.

Hanoi, dopo aver lasciato un cane da guardia davanti all'ingresso del palazzo, sfonda la porta dell'appartamento con un calcio, e i suoi due giannizzeri piombano dentro coi loro FN F300, decisi ad aprire il fuoco alla prima occasione buona. Indossano tutti bislacche maschere vietnamite di bambù, li differenzia il colore della lunga barba attaccata ai menti posticci, viola, blu e gialla, e l'espressione del viso, animata da grotteschi occhi sproporzionati. Ognuna rappresenta un sentimento diverso. Una folcloristica metafora della natura umana.

Zack, addormentato sul divano davanti al ludo-display, che sta trasmettendo un cartone animato di vecchia scuola, un episodio di Mooney, il piccolo dinosauro, balza in piedi in mutande. *Che cazz...* Il gorilla dalla barba gialla e l'espressione arrabbiata, simulata sulla maschera con una bocca a forma di arco rovesciato, il primo a entrare nel salone, gli molla un calcio sul petto e lo rimette seduto, puntandogli sulla fronte il mirino laser del suo fucile d'assalto. Rompighiaccio alza istintivamente le braccia, balbettando la prima fesseria che gli viene in mente. «Ehi, metti giù quell'affare... guarda che l'affitto è pagato per tre mesi.» Poi sente dei passi veloci nel corridoio, diretti verso la camera da letto. *Cazzo, ma in quanti sono? Cristo, Grace... stanno cercando lei,* pensa, e inizia a sudare freddo e a mordersi le labbra.

Il bastardo dalla barba blu, con gli occhi tondi di bambù che lacrimano gocce di vernice rosa, sta trascinando sul pavimento una ringhiante Oceanne, tenendola per i capelli, e dopo pochi secondi riunisce la bella coppia gettando la donna davanti alle ciabatte di Zack, che resta a bocca aperta. *E adesso?* Sotto tiro.

Hanoi si presenta entrando in salone con calma olimpica, con Grace in braccio che gli sta tirando i filacci della barba viola della maschera da capobranco, da demone perennemente incazzato, la stessa che usa sul ring del Cercle per i suoi giochetti al sangue.

«Bene bene, che bella famigliola... un vero peccato», esordisce il bastardo con la voce cavernizzata dallo strato di bambù che gli copre la faccia. Poi si fa serio, raccoglie qualcosa in tasca, della polvere blu, e la soffia verso Zack e Oceanne, prima di interpretare uno strano mantra: «*Otterranno ottocento benefici della vista, milleduecento benefici dell'udito, ottocento benefici dell'olfatto, milleduecento benefici del gusto, ottocento benefici del tatto, milleduecento benefici della mente. Grazie a questi numerosi benefici tutti i suoi organi di senso diverranno puri.*» Il Sutra del Loto, capitolo XIX, il messaggio oscuro che Charon fa recapitare a tutte le sue vittime prima di mandarle all'altro mondo. Lo stregone fa propaganda anche con i quasi-morti, prima di consegnarli al vero Caronte, quello con la patente da psicopompo in corso di validità eterna, che come uno scafista fa salire a bordo i condannati promettendo di portarli sull'altra riva in cambio di due soli crediti. Donne e bambini a metà prezzo.

«*Amen*», sussurra qualcuno alle spalle dei tre bastardi, facendo subito seguire una scarica di pallottole che fanno facile scempio dei cervelli bacati dei due giannizzeri di Hanoi: barba gialla e blu, fuori gioco.

Hanoi, senza nemmeno voltarsi verso lo sconosciuto, ma controllandone con la coda dell'occhio i movimenti della sagoma in ombra, sfodera un coltello a lama curva e lo porta alla gola di Grace, minacciando: «Fatti vedere, vigliacco, ti voglio qui davanti... in ginocchio e disarmato, se non vuoi veder schizzare un po' di sangue giovane. *Di solito ha un bel colore, vogliamo verificare?*»

«Calma, vietnamita... non c'è bisogno di prendersela tanto», gli risponde Messerschmitt, emergendo dall'ingresso e mostrandosi con la lucida Desert Eagle sollevata sopra la testa. Il legionario, osservato da Hanoi con occhi da cobra, fa qualche passo di lato lungo la parete di destra, strofinando la schiena sul muro, poi getta a terra la pistola e si avvicina sorridente a Zack e Oceanne, abbracciati sul divano come statue di sale. «Siete proprio un casino voi due...», dice loro scherzosamente, come se avesse incontrato un paio d'amici davanti al bancone di un bar. «Mi state dando più da fare di una banda di fottuti predoni di Sonora Valley... dovrei fare da padrino alla vostra futura prole, come minimo. Mi spetta, no?»

«Hai voglia di scherzare, *ottimo*... sarà più divertente. Mettiti seduto accanto a loro, pagliaccio», replica il boia serrando ancora di più la lama sul collo di Grace, che incurante del pericolo sta giocando con i baffi viola all'insù della maschera del figlio di puttana, mettendolo in imbarazzo. «Ferma... lascia stare», le dice scocciato, scuotendo il collo per liberarsi di quelle piccole dita che lo tormentano.

«Ah, dimenticavo muso giallo, hai perso questo in strada, qua sotto...», dice ironico Messerschmitt estraendo dal taschino della camicia, con movimenti esasperatamente lenti, un orecchio mozzato e un ciuffo di barba azzurra. «Roba del tuo cane da guardia... insomma, se stai aspettando rinforzi, temo che resterai deluso...»

«Continua a fare il cazzone, ti è consentito... *visto che stai per crepare*», ringhia Hanoi lanciando il coltello verso il provocatore, che lo schiva per un pelo — che interrompe la corsa ficcandosi su una natura morta appesa al muro — per poi piegarsi rapidamente ed estrarre una pistola da una fondina nascosta sotto i pantaloni, all'altezza della caviglia. Con la sputafuoco in pugno, e la canna corta mirata sui tre, il boia torna a farsi decisamente serio, e riprende la sua filastrocca: «*Otterranno ottocento benefici della vista, milleduecento benefici dell'udito, ottocento benefici dell'olfatto...*»

«*Dieci, nove, otto, sette*», lo interrompe Oceanne.

«Stai zitta, troia, altrimenti...», replica stizzito il vietnamita.

«*Sei, cinque, quattro, tre*», continua lei senza curarsi del bastardo che sta per premere il grilletto.

«Creperai per ultima, ma non qui, ti farò impalare a...», ma le parole di Hanoi vengono disintegrate da un'esplosione alle sue spalle, che lo proietta in avanti, mettendo a soqquadro il salone e ribaltando il divano. Una bomba al cesso, in fondo al corridoio, una piccola garanzia sulla vita; Oceanne, come tutte le donne, pensa sempre a ogni eventualità, al cosiddetto piano B.

Grace, sparata via dalle mani del vietnamita, lanciato a sua volta, di testa, dentro un'elegante vetrinetta, è atterrata sulla pancia morbida di Zack, ride di gusto per quel salto divertente, mentre lui, a gambe all'aria, si è quasi cacato addosso.

Messerschmitt, con una scheggia nella gamba, si rialza brontolando e zoppica verso il boia, che non riesce a liberare la testa da quel maledetto cimelio liberty, e sta scalciando come un asino; è finito alla gogna. Il legionario raccoglie la sua Desert Eagle dal pavimento, mette le mani sul muso giallo, gli abbassa i pantaloni, gli ficca in culo la canna fredda e lascia partire un colpo, sordo. «*Questo è per Moki, ti ricordi? Il capitano...*», sussurra, poi fa fuoco ancora due volte. «E questo è il saldo... la pensione che ti spetta. Devi scusarmi, purtroppo non ho con me un bell'orologio d'oro da consegnarti, con sopra inciso *Vaffanculo*. Ma tanto non credo che nel pozzo nero riuscirai a vedere l'ora.»

«Amen», sospira Zack allungando un braccio verso Oceanne, che sembra stordita. «Tutto bene?» le chiede.

«Insomma, ora dovremo fare la doccia dai vicini», replica lei sorridendogli. «Ma davvero guardi quella roba? *Quanto sei stupido…*», aggiunge, mentre sul ludo-display Mooney, il piccolo dinosauro, sta rincorrendo un pupazzo di neve che gli ha rubato una torta alla crema.

Zack, Oceanne e Grace vengono subito trasferiti in una nuova destinazione segreta, niente più Parigi stavolta, mentre Messerschmitt resta in città, pronto a imbarcarsi per la nuova missione. Ma gli restano tre spine nel fianco, che non avrà tempo di togliersi di dosso, non tutte almeno: *farla pagare a Charon e alla sua puttana mutata* — un report della Garde de Jezebel, l'unità comandata dal colonnello Léger, il nuovo papà di Annapurna, gli ha rivelato, due ore dopo l'accaduto, tutti i dettagli della trappola a Moki e la sua orrenda fine — *scoprire che fine ha fatto Dakota, sparita da un giorno interno, e* infine *rivedere sua figlia per l'ultima volta*, prima di andarsene, senza sapere se e quando tornerà.

Sua figlia? Non importa se lo sia davvero, e non vuole nemmeno saperlo con certezza. Basterebbe un kit del DNA da dieci crediti. Annapurna… anzi *Kiki,* ha gli stessi occhi di Rae, ci ha visto se stesso dentro, là sull'Isola, piccolo e vecchio nello stesso momento, come gli accadeva con quella donna che stava iniziando a srotolare la matassa di malinconia che trasporta da sempre in un buco nero, là tra le costole — per questo è scappato da lei, per paura — quella che si è ingarbugliata in Israele, tanti anni fa, che nemmeno lui sa dove inizia e finisce, come liberare le due incasinate estremità, e quanta corda ha dovuto eliminare, recidere, per sopravvivere a se stesso, nonostante tutto.

Si taglierà l'inseparabile barba quando ne verrà a capo, se sarà ancora vivo per accorgersene. Una faccia pulita che non avrà più niente da nascondere, riuscire a dormire più di tre ore per notte, e forse… incontrare di nuovo Kiki da un'altra parte, in un diverso momento, forse già donna, e trovare le parole giuste.

La Senna conta i morti di giornata, e i ratti mutati che ospita sotto la pelle, come fistole mobili a forma di siluro codato. Il Pont Neuf conta di crollare, un giorno o l'altro, non ha più voglia di sostenere sulla groppa la fila dei suicidi, coi loro surreali zaini pieni di lingotti di Ununoctio, di merda ingoiata dal peso atomico a tre cifre, che poi si trasformano in grammi, in gusci vuoti, quando si regalano al fiume. Un camposanto galleggiante, con boe di teste umane rosicchiate a fare da tombe nomadi. I pescatori di orrori, i bambini che dalle rive tirano in acqua le loro reti da farfalle, un gabbiano cloacale indeciso se ingoiare un bulbo oculare rubato a un cieco che non ha mai visto un cazzo in vita... non saprà di niente, come la carne delle puttane sgozzate e abbandonate, i rivestimenti di carne dei marciapiedi dei vicoli, che hanno vissuto l'esistenza insipida di qualcun altro, con sul culo la targa di un grottesco soprannome, tutte con lo stesso odore di pappone, di acqua di colonia al cianuro. La musica di Coltrane che si versa in strada, come olio d'oro, da un attico di Rue de Colonel Driant, dove cinque grassi membri del Ku Klux Klan del cannibalismo festeggiano il compleanno di una ragazza di sedici anni che non ha mai visto posate di dilitio, prima di divorarla come dessert, e aspettare la calca di disgraziati, là sotto, che aspettano il lancio della testa, col cervello di panna, e di qualche resto morbido. Un cane che abbaia allo scricchiolante portone transennato di una chiesa sconsacrata, con la facciata mezza ricoperta da una pellicola colorata che pubblicizza la prossima apertura di un bordello a otto stelle, una gigantografia, a rilievi di cellulite, dell'attrazione principale del locale: Vivien, la prima 'duemila chili' della Nuova Francia. Una donna truccata dai blu e azzurri della disperazione che sposta le fettucce di plastica gialla di un compro-organi, dove un antenato di Confucio sta spolverando le sue vetrine azotate piene di reni, fegati, polmoni, collier di denti, tutto quasi nuovo.

La Senna cerca di addormentarsi contando i secondi che passano prima di un altro urlo o tuffo, e così sognare qualcosa di diverso, forse una sirena che nuota sul dorso nelle sue acque insanguinate, scuotendo la coda da tonno e l'indifferenza della capitale della Liberté, Égalité, Fraternité.

10
EPIDEMIA
o L'Affamato Prometeo

ANNO 42 POST-UXOR

Luna – Naraka
Pianeta Terra, ovunque

Ventisei anni dopo, la Cloud è arrivata alla settima generazione, e ora sono cazzi. La quintessenza mondiale della pandemia è in diretta, limpida e orribile, su una fila di monitor incassati in una plancia ovale, sotto la grande vetrata di acqua flessibile che incornicia il Pianeta Terra, e che riflette il viso di una donna dagli occhi grandi, verdi, pieni di crepacci, ingoiata dalla sala di controllo del penitenziario di New Bellmarsh, chiamato *Naraka*, una fortezza scavata nel culo della Luna, con le sue torri merlate di budella sempre fresche, i piani infiniti e le celle urlanti; il primo allevamento umano organizzato, sotto la copertura di un carcere di massima sicurezza, una cassaforte di feccia umana che spedisce sulla Terra macabri cargo con la stive stracolme di confezioni sottovuoto di carne umana, spezzatino di detenuti e disgraziati, trattato con cura dall'Affettatrice, con sopra l'etichetta di certificazione di carne di maiale non contaminata. Tutto, ovviamente, *Made in New Moon Corporation*, proprio come la Cloud7, appena messa in commercio, che sta dando spettacolo sul pianeta; la soluzione finale alla sovrappolazione.

La donna dagli occhi grandi e verdi, lassù, sulla Luna, in quella stanza troppo grande, si morde il braccio per resistere alle pulsioni cannibaliche della sostanza che le hanno messo in corpo, il settimo sigillo della follia, e osserva il mondo andare a puttane su quei rettangoli luminosi che trasmettono tutto senza fare una piega.

MONITOR 1: BERLINO-BRANDEBURGO 7

La danza della carne continua, mentre la Morte, che ha indossato la sua vecchia maschera della Peste, dirige il concerto: il perdifiato delle sirene delle ambulanze, il silenzioso e umido squarciarsi di una gola, i macabri tuffi nell'acqua fredda del Landwehr di coppie di teste e piedi mozzati, i resti indigesti di una festa lanciati nel canale da un figuro che sbava proteine illegali, il rapido strofinarsi sull'asfalto del corpo di un cadavere fresco di giornata, con una raggiera di cavi metallici alle caviglie, trainato da un paio di grasse scrofe con le zampe in fiamme. *Carne appena morta, abbrustolita.*

Le nacchere dell'Apocalisse battono il ritmo del funerale del XXI secolo, come le unghie di Helena che tamburellano con impazienza sulla struttura di metallo del letto nella sua stanza d'ospedale.

Sta per partorire, le prime contrazioni le fanno piegare la schiena come una fionda tesa fino al punto di rottura. Delle morse magnetiche serrano polsi, collo e caviglie della donna, che sussulta di un orgasmo trans-nettuniano sudando residui bluastri di Cloud7 dai pori sbracati. Si è fatta spolpare la gamba destra, quasi fino all'osso; fiori di carne viva, viola, anemoni assetati, le succhiano il sangue denso, gorgogliando; qualcuno ha approfittato di lei quando è svenuta nel pronto soccorso. *Carne gratis.*

Helena ha già ingoiato la propria lingua, non vede l'ora di mettere le mani sulla sua tenera e succosa creatura, quando finalmente verrà sputata fuori dal ventre, insieme alla primitiva, cieca placenta.

Carne fresca.

La chiamerà Uxor, un bel nome, prima di ruotare gli occhi verso l'alto, come uno squalo, e affondare i denti in quel boccone scelto che respira il mondo per la prima volta.

Non tutti hanno il privilegio di assaggiare il caviale dell'abominazione.

Carne appena nata.

MONITOR 2: NUOVA FRANCIA: PARIGI SUD-5

Lo sciamano di Rue de Paradis, col suo banchetto colmo di teschi umani decorati dai rapidi graffiti dei denti dei ratti mutati, vede i clienti farsi sempre più vicino; non rispettano più la fila. Un uomo magro come una sogliola, uno dei questuanti in cerca delle ossa del figlio, sfodera un ghigno affamato e morde il braccio dello stregone. Gli altri seguono l'esempio e si lanciano sul vecchio profeta dell'Apocalisse, che improvvisamente sembra diventato più gustoso di un filetto alla Stroganoff di antica memoria.

Nessuno potrà più sapere a chi appartenevano tutti quei teschi in fila come souvenir dell'Apocalisse, spolverati ogni giorno, levigati dalle dita indovine dello sciamano; resteranno senza padrone, all'infinito, come le carcasse delle vecchie auto nella discarica di Baden, con le targhe olografiche riciclate in trappole luminose per i grossi gabbiani cloacali che predano la Senna, collezionisti di occhi umani luccicanti.

Marie corre a perdifiato con un orecchio dello stregone tra i denti e una bomba nella borsetta, sente la granatina acida della Cloud7 sciogliersi nel cervello e sgranarsi come un rosario eretico: *Mordi, Mastica, Ingoia, Mordi, Mastica, Ingoia*; non sa più resistere alle pulsioni antropofagiche, al tamburo della danza della carne che accelera i colpi sulla pelle tesa del cielo giallo che sovrasta la città. Già, lo sentono proprio tutti.

C'è solo un modo per silenziare la mente, e l'anima ubriaca attaccata sotto come una sanguisuga psichedelica, e Marie lo sa bene. Continua a correre, il timer della bomba segna 00:00:07, appena in tempo per abbracciare il marito in ginocchio all'angolo con Rue Perdez, con la faccia immersa nelle budella di una ragazza, e lasciarsi esplodere. Silenzio. *Carne Cotta. Spezzatino.*

MONITOR 3: LA MAGDALENA, REPUBBLICA MESO-AMERICANA

Aniceto, quindici anni, e non ha mai portato scarpe in vita sua, succhia una caramella dal sapore strano; l'ha avuta da un vecchio caballero con gli stivali dalle punte in dilitio, in cambio di un pompino.

Il ragazzo osserva la nonna, sulla sedia a rotelle, sulla veranda scricchiolante della loro casa fatiscente, che cerca di animare l'aria fritta del villaggio con un ventaglio dalla struttura in ossa di opossum. Si crepa dal caldo, niente di meglio per potenziare gli effetti della Cloud7; è come gettare benzina sul fuoco.

La vecchia è tutta pelle e ossa, le orchidee del vestito si sgonfiano sopra i seni secchi e le cosce spolpate dal tempo. Gli sorride mostrando le gengive indurite. *Che sapore avrà la nonna?,* pensa Aniceto, improvvisamente colto dalla visione di una pentola fumante che trasuda brodo al profumo di cristiano battezzato, e che scuote nella pancia di metallex le ossa e il loro ripieno di midollo santo.

Il ragazzo non indugia, i suoi muscoli scattano ancora prima di ricevere gli ordini elettrici del cervello, figuriamoci quelli sussurrati dalla consapevolezza. Si alza dal suo sporco gradino, corre sul retro inseguito dal cane, Esqueleto, che sventola la coda ridotta a una collana di vertebre.

Aniceto entra nella baracca degli attrezzi e afferra il forcone del padre, tanto a lui non servirà più. Non ricorda nemmeno la sua faccia, e il colore di quei baffi a manubrio che gli pizzicavano la faccia; sono passati dieci anni da quando il suo vecchio è stato rinchiuso nel carcere di New Bellmarsh, il Naraka, sulla Luna. Non doveva segare le gambe a mamma, e a quell'altro più giovane di lui, e poi a tutti quelli che sapevano, in paese. In fondo lei aveva aperto le cosce per un chilo di fagioli della Nuova Scozia, roba d'importazione, non contaminata. Era stato un bel pranzo della domenica, quella volta, prima della sega elettrica. L'ultima volta che aveva sorriso, forse.

Aniceto guarda la Luna, ne immagina le forme tra le nuvole delle quattro del pomeriggio, e le mura di acciaio della cella del padre, quel figlio di puttana finito in scatola; fa la linguaccia e corre di nuovo verso la veranda e la nonna che si sarà di nuovo addormentata, col forcone che scintilla e il cane, che ha già capito tutto, che gli sbava dietro. *Gallina vecchia fa buon brodo.*

MONITOR 4: ROMA – CITTÀ STATO DELLA CROCE

Bongiovanni, neo-porporato della corte alla deriva della Papessa, si sveglia di colpo sul letto del suo appartamento di Borgo Pio. Gira la testa verso destra, inquadrando la sedia dove è sgonfiata, come un fantasma morto, la veste cardinalizia. Gli accessori sono al loro posto, là a fianco: la fascia, il crocefisso e tutto l'armamentario, incluso il machete d'ordinanza e il frustino elettrico, che il figlio di puttana usa come bobber da rabdomante per scovare le puttane a tre seni. *Meglio la fica dell'acqua,* gracchia ogni volta, quando qualcuno si incuriosisce, notando lo strano attrezzo nella fondina. *Meglio tre che due,* poi di solito aggiunge, divertendosi a sbiancare ancora di più la faccia dell'interlocutore di turno.

Il cardinale volta la testa dall'altra parte, verso la ragazza a gambe larghe, là a fianco, decorata con un collare stretto al collo, ai polsi e alle caviglie, serrate da congegni magnetici da inquisizione di nuova generazione.

Strega!, sputa fuori dai denti Bongiovanni, stuzzicando i capezzoli della ragazza con pinzette incandescenti e lasciando sibilare la lingua come una serpe ubriaca. Il globo meradex installato come un'ostia eretica nella bocca della donna, bloccato con fissori mascellari, le impedisce di gridare, ma i suoi occhi spalancati parlano almeno quattro lingue diverse, e potrebbero bestemmiare in aramaico. Ha visto l'oscurità, quella più densa e grassa, anche se è appena mezzogiorno e il sole stanco di Roma, con i suoi stracci arancioni, le sta illuminando una tetta come un faretto da palcoscenico.

La ragazza scuote la schiena per liberarsi, con le ultime forze rimastele in corpo, mugolando disperata come una vacca che affonda in un fiume, e facendo sobbalzare le tre grosse, preziose tette.

Uxor V3, così potrebbe essere classificata quella mutazione genetica. Una delle più comuni. La terza tetta, quella apocalittica, che si fa spazio tra le originali come un battistero molecolare del Bernini.

Bongiovanni se la ride, continuerà a torturare la strega fino a sera, prima di rivestirsi e presentarsi in corte, a San Pietro. La Papessa ogni sera fa la conta dei suoi luogotenenti, e ne scanna due a sorte per decorare con capitelli biologici il nuovo colonnato della piazza. Proprio ieri hanno vetrizzato le chiappe di Monsignor Gomez, ricavandone una coppia di poggiapiedi amaranto per le due fontane che schizzano a festa, circondate da poltrone rinascimentali. Uno dei tanti posti da propaganda, in città, dove assistere all'annegamento delle donne ancora dotate di utero che se ne sono fregate del tredicesimo comandamento. *Non scaricare altra merda su questo Pianeta, siamo già in troppi. Trattamento zero.*

Bongiovanni punta gli occhi annacquati dalla Cloud7 sulla puttana dai capelli rossi. La visione gli appare chiara, adesso, molto più di prima. Grazie a quel bastardo di Rosario, il ragazzino da un occhio solo, il brigante dei preti, che sa sempre trovargli nuova roba per ampliare la consapevolezza, per spezzare la schiena alla noia, per fottere con la resistenza di un maratoneta.

Nonostante i capelli bianchi.

Il cardinale si lecca le labbra, le microscopiche, luminose autostrade del cervello gli si animano di voglia, di pulsioni carrozzate che accendono i fari. Tutto diventa blu.

Vuole rasare la ragazza, spalmarla di olio santo, alloro, sale.... e farcirle tutte le porte del piacere di miele, fragole e vino delle Tenute sotterranee della Papessa, quelle a tenuta stagna apocalittica. Bongiovanni ha sempre una piccola scorta di quelle primizie, ed è dotato di attrezzature all'avanguardia, come la proto-flebo, una sorta di millepiedi meccanico aggrappato allo scroto, che gli spara nei testicoli piccole, confortevoli, temporizzate dosi di assenzio e adrenalina. A volte pensa a quell'arnese pieno di zampette come a un animale domestico. Gli si è affezionato, ormai.

La visione si fa sempre più limpida nella mente del cardinale, ormai sulla punta del trampolino del suo personale Eldorado. Agita le braccia, lassù in equilibrio, pronto a tuffarsi di testa nel brodo bollente della depravazione.

Il grosso forno di Madame Rousseau, la sua perpetua, cuoca, cameriera e succhiatrice esperta, lo spezzatino della ragazza con i capelli rossi, che fuma sul piatto aroma di giovinezza, il dessert di tette, per finire in bellezza: tre bignè ripieni di miele e tritato di castagne. Mangiare, assaporando le urla della vittima, registrate dal sistema ludico, e rimandate continuamente, come una canzone di Janis Joplin.

Ma poi Bongiovanni perde il controllo e rovina tutto. La Cloud7 è una di quelle bestie che non si possono ammaestrare, peggio delle puttane francesi dal coltello facile. Mentre Madame Rousseau si piega davanti a lui per infornare lo spezzatino della ragazza dai capelli rossi, il sant'uomo non resiste alla carne ancora viva che si muove e scodinzola, là a pochi centimetri; spinge la donna dentro il forno, incastrandola a chiappe in fuori, e con l'aiuto del machete inizia a banchettare su quel culo da perpetua, dal sapore di lenzuola pulite.

MONITOR 5: XÀBIA 4 – COMUNIDAD TRANSITORIA VALENCIANA

Il motore del gommone sta friggendo, puzzo di benzina e di morte, come tutti gli altri. La costa che si allontana, dietro i sopravvissuti. Asunción culla sua figlia senza testa, le canta qualcosa con la bocca serrata e le labbra bruciacchiate, Mauricio si disegna sulla pelle una sirena di sangue con la lama brillante del machete, Catalina si annoda gli intestini con un bel fiocco di carne, distrattamente. Lo scafo dell'isola si materializza, giù a destra, con la lunga coda di barche ripiene di polpa di uomo e succo di paura. Cercano la salvezza, galleggiando sul tritato umano, la nuova pelle del mare, il tatuaggio dell'Apocalisse.

Hector, il vecchio, si alza in piedi, si toglie gli stracci di dosso, si batte i pugni sul petto e bestemmia verso il nuovo cielo che sa solo pisciare fuoco, acido cloridrico. Se inizia a piovere saranno fottuti, squagliati fino alle ossa. Ma Hector sembra poterci parlare, con quel cielo maledetto, lo affronta a muso duro, lo sfida, forse. Le sue mascelle si svitano in modo innaturale, le sue grida soffiano forte tra i molari spaccati, tra quei denti che non masticano carne da due anni. Il capitano rallenta il gommone e strizza gli occhi azzurri nel binocolo; racconta dell'isola, un parto di rifiuti, un trash vortex appena nato, di ciò che riesce a vedere e di ciò che vuole fare immaginare; sussurra meraviglie al tranciato equipaggio. Ma poi la mente di ognuno torna sulla terraferma, affonda i piedi nel sangue del mattatoio del porto, dove ci si scanna per gli ultimi passaggi per l'isola, dove i topi mutati fanno scempio di carne fresca. I nuovi dèi, quelli con la coda e uno stomaco infinito, forgiati da stelle e fogne.

Un abominio che continua a riprodursi con scatti elettrici. Il diluvio universale che sgorga sotto i piedi, dai tombini, una marea che sale e morde i polpacci. La schiuma rossa e il frullato arancione dei vecchi padroni del mondo. Poi la pioggia bollente, che lava tutta la merda, umana e non, ogni due ore circa, lasciando spazio a nuove autostrade di ossa bianche, pulite, e cenere di pelo, ovunque. Cristo. Pompei e Chernobyl, con contorno di ratti e sangue fosforescente. Arcobaleni eretici, acidi, che come grandi ponti trasparenti guidano le folle, come palline di acciaio, nel flipper impazzito del pianeta Terra. Sponde dolorose, respingenti di morsi, extra lampeggianti da raggiungere. *Carne a galla.*

L'ultimo passaggio verso l'isola, e chi è davanti è il tuo cazzo di nemico numero uno.

Silvanio racconta la leggenda di Calipso, il fantasma dell'Apocalisse; tutti stanno a sentire, anche la ragazzina senza testa di Asunción e la sua regolare radice viola che sputa sangue. *Qualcuno l'ha svegliata, Calipso*, dice il grasso puttaniere massaggiandosi la barba, lasciando fluttuare il rubino al dito mignolo. *Ben prima del kaboom di Uxor 77*, lui ne è certo. *La regina dei topi e della fine delle cose*, così la chiama. Nessun altro ha voglia di parlare.

Il capitano ha legato alla cintura di cuoio un rosario di dita umane mozzate, è così che è stato pagato, per il trasporto sull'Isola. Dal momento zero, quando l'asteroide lo ha messo nel culo alla Terra, anni fa, venti grammi di proteine non infette valgono un vecchio lingotto d'oro. Figuriamoci durante la Grande Epidemia.

Venti dita, venti passeggeri, venti sopravvissuti. Venti grammi di proteine.

MONITOR 6: AMRITA CENTRAL FIELD [EX BHUBANESWAR]

Un occhio nero senza palpebre, che fissa lo spazio: il cratere di Uxor 77, che tanti anni fa ha sfiorato l'Oceano Indiano per schiantarsi sulla vecchia Bhubaneswar. Centomila teschi di circonferenza, un enorme mandala satollo delle strutture mobili dell'Amrita Central Field, cupole di terramedia che si alzano, si abbassano, si inclinano e ruotano su binari e raggiere magnetici, il telaio elettronico di quel post-mandala a stantuffi e batterie minerali. Dall'alto quelle cupole si mostrano come cluster di mammelle gonfie attaccate al corpo di un mammifero senza testa scivolato giù da un'altra costellazione. L'impronta di un fossile stellare, una caduta di anni luce seriali. Proprio come era stato predetto.

Già, ci vive qualcuno in quel buco mortale, da dove L'Apocalisse si è diramata ovunque come piscio caldo, in quel flipper di tette dai capezzoli di vibralluminio che lampeggiano, quando la merda cobalto di Uxor 77, il sangue del Kaboom, ha terminato di caricare gli accumulatori.

Al centro del Field spicca il Tempio con le tre enormi bare di ghiaccio disposte in verticale, come le pietre di Stonehenge: sono gli appartamenti, i freschi loculi delle gigantesse radioattive, Hita Kali e le sorelle, con collane di denti intorno al collo gargantuesco e sacche di cellulite ripiene di frullato di discepoli. Uova di morte, di passaggio verso il Nirvana 2.0. Nuove specie di femmine, divinità mutate da duemila chili, che trascinano il culo in quella zona a Primo Impatto, seguite da corti di ex puttane che intrecciano budella formando i cerchi concentrici del mandala, cambiandone la disposizione ogni 12 ore.

Sul bordo del cratere camminano all'infinito i kantenar dalle tuniche azzurre, i discepoli dal cazzo moscio: una fila di formiche dal cervello radiocomandato dall'ambrosia frizzante del fanatismo: gli hanno ficcato su per il culo un fico d'india di dottrine, duro e pruriginoso. Sono venuti in quell'eretico Nirvana a cielo aperto da ogni parte del pianeta: le aspettative erano alte, vista la deriva mondiale e i morsi ai polpacci di ratti mutati e squadre di cacciatori di proteine facili, o forchettate ai glutei di parenti, pronti a tutto pur di masticare un pezzo di carne fresca, ingoiare piacere e disperazione, maledire il mondo a pancia piena, come ipocriti coccodrilli dalle squame in tiro per lo sforzo della digestione.

Avevano sentito storie a cinque stelle, su quel posto: grandi dee dalla pelle azzurra, nude, con lingue più lunghe delle gambe e seni da cinquanta libbre, tra cui rimbalzare come satelliti legati a invisibili fili. Creature illuminate a cui affidare stomaco, speranze, testicoli e tutto il resto. La promessa della *mai-morte* ha sempre funzionato, figuriamoci condita con visioni di vagine multicolori, cunicoli santi in cui infilarsi, microscopiche navate da percorrere in ginocchio, membrane da pregare, rosoni di caleidoscopiche frattaglie. Scopare e diventare immortali, trasformarsi in gangli senzienti di un caldo organo genitale, mentre il resto del mondo si scanna per niente, fino all'ultimo pezzo di carne dotato di muscoli e coscienza per muoversi, attaccare, predare. Fino all'auto divoramento e al Punto Zero. Adamo ed Eva, insomma, ma ratti stavolta.

L'avevano predetta l'Epidemia, dopo il Kaboom di Uxor.

Avevano predetto il ritorno del Messia, ma anche di mostri umani e straordinarie e terribili creature mutate, come Hita Kali e le sorelle ciclopiche col loro allevamento di eunuchi cerebrali nella comunità del Cratere.

Il Mandala-Eden, la sorgente di Uxor, l'alpha e l'omega alla cacciatora, la terra dei mostri e dei messia dalla saliva ad alto contenuto di uranio3, l'aleph dell'accoppiamento antropofagico. Zero metri dal Primo Impatto, l'ombelico radioattivo da cui fioriscono come lucidi peperoni rossi e arancioni bodhisattva, santi e guru capaci di evocare tsunami di sperma e di parole o, più spesso, maestri nel procacciarsi qualcosa da mangiare, calamite per carne vera, viva, pronta a offrirsi già condita dalla panna acida della follia, e con le giuste parole tra i denti. *Mangiami, digeriscimi, e portami da un'altra parte.*

Non avvicinatevi al Cratere.

MONITOR 7: TRASH VORTEX 696

Il ratto Alpha osserva il Golfo del Bengala tingersi di sangue, ascoltando la musica di Wagner scorrergli nelle vene. *Rivoluzione.* Dalla terraferma risuonano ovunque le campane delle urla, mentre Darwin viene sodomizzato da una guardia dell'inferno; finalmente ha avuto via libera dal pezzo da novanta del mondo di sotto.

Il Giulio Cesare dei roditori ha finalmente trovato la propria Eva, l'anello di congiunzione, proprio così, dopo tanti tentativi andati a puttane e inutili nidiate divorate. Un dono dal cielo, un elicottero marchiato New Moon Corporation è atterrato mesi fa sul vortex, come un cherubino dall'aureola a pale rotanti, e ha scaricato la partner perfetta: umana, immortale, baciata dalla fortuna di Uxor.

Grace, gravida dei cuccioli del ratto Alpha, con la cicatrice di un morso sul collo, si accarezza la pancia graffiata dagli artigli del compagno. Scalcia forte, la truppa là dentro. Ci sarà una nuova razza con cui fare i conti, da trasformare in eterna forza lavoro, schiavi specializzati, resistenti, o da sfidare per tenere saldo il timone del pianeta e seguire la rotta sapiens —i rischi della sperimentazione— un mondo da ripensare, comunque vada a finire.

Forse perfino il Messia, quello originale, dovrà tornare sulla Terra a un certo punto, dopo più di duemila anni, su quattro zampe stavolta, e senza la curata barba bizantina, con lo spirito inscatolato in un corpo apocalittico a coda corta e pelo lucido: *a loro immagine e somiglianza.* Ci saranno nuovi vangeli olografici, probabilmente, che racconteranno parabole con sottotitoli di fruscianti ZZZZZZZZZ, per i sonar di pensieri primitivi ancora in evoluzione, o forse no... niente di tutto questo.

Grace, prima che giunga la notte che la frullerà nel collo di bottiglia del pozzo nero, per poi essere tirata in salvo dall'imbracatura dell'alba, si avvicina alle rive oscene della punta sud del vortex, e si tuffa lasciandosi alla corrente, proprio là in mezzo al piccolo arcipelago di carcasse e demoni di petrolio che possiedono corpi di neprom di sex-doll senza più testa e gambe, con le vagine pneumatiche guaste che scattano come tagliole pescando piccoli pesci.

La ragazza speciale morirà e vivrà senza sosta, condannata dal suo Samsara a cinque stelle, sempre alla deriva; il giorno a galla e la notte sul fondo, coi polmoni pieni d'acqua. Ma non la troveranno mai, e la stirpe eretica che si porta dentro navigherà con lei verso il nulla, senza mai poter ascoltare i sussurri di rivoluzione del padre, che grida da una marcescente collinetta vedendola allontanare con a bordo il tuo tesoro genetico. Nonostante sia in grado di apprezzare i pensieri psichedelici di Burroughs, o le linee perfette di Raffaello, non ha mai imparato a nuotare.

SAMSARA संसार

❀
L'AUTORE

ALESSANDRO MANZETTI (aka CALEB BATTIAGO). Autore di narrativa e poesia horror, vincitore del Bram Stoker Award®, e sei volte finalista, editor e traduttore. Ha pubblicato, in Italiano e Inglese, varie opere di narrativa e poesia, tra le quali i romanzi *Naraka - L'Apocalisse della Carne*, *Shanti - La Città Santa*, *Kiki: The Beginning*, le raccolte di racconti *Kannibalika* e *I Figli di Uxor 77*, le novelle *Suprême: Il Circo delle Meraviglie* e *Area 52*, e il saggio *Monster Masters*. In uscita a Ottobre 2018 il suo nuovo romanzo *Il Custode di Chernobyl*.

Tra le sue opere in lingua inglese: il romanzo *Naraka: The Ultimate Human Breeding*, le raccolte *The Garden of Delight*, *The Monster, the Bad and the Ugly* (con Paolo Di Orazio), *The Massacre of the Mermaids*, e le raccolte di poesie dark *WAR* (con Marge Simon) *No Mercy*, (*Eden Underground* (vincitrice del Bram Stoker Awards 2015), *Sacrificial Nights* (con Bruce Boston) e *Venus Intervention* (con Corrine De Winter). Tra le opere come curatore: l'antologia in lingua inglese *The Beauty of Death Vol. 1* e *The Beauty of Death Vol. 2 - Death by Water* (con Jodi Renee Lester).

Diversi suoi racconti e poesie sono stati pubblicati su magazines e antologie in Italia, Stati Uniti e Inghilterra, tra i quali: The Horror Zine, Dark Moon Digest, Devolution Z Magazine, Disturbed Digest, Illumen Magazine, Recompose Magazine, Polu Texni Magazine, *Rhysling Anthology* (2015, 2016, 2017, 2018), *Year's Best Hardcore Horror - Volume 2 Anthology*, *Bones III Anthology*, *Mar Dulce*, *Il Buio Dentro*, *HWA Poetry Showcase Vol. III e IV*, *Danze Eretiche Volume 2*, *The Beauty of Death Vol. 1 e 2*, *I Sogni del Diavolo*.

PREMI E NOMINATIONS
• Bram Stoker Awards 2015 winner
• Bram Stoker Awards 2017 two-time nominee
• Bram Stoker Awards 2016 two-time nominee
• Bram Stoker Awards 2014 nominee
• Splatterpunk Award 2018 nominee

• Rhysling Award 2015, 2016, 2017, 2018 nominee
• Elgin Award 2015, 2016, 2017, 2018 nominee
• HWA Specialty Press Award 2017 Winner (as CEO & Editor-in-Chief)

Ha inoltre ricevuto 15 Honorable Mentions (per racconti e poesie) nei 'Best Horror of the Year' Volumi 7-8-9 a cura di Ellen Datlow.
Sito web: **WWW.BATTIAGO.COM**

ALTRI TITOLI DISPONIBILI

EDIZIONI STANDARD
FORMATO CARTACEO E DIGITALE

ALTRI TITOLI DISPONIBILI (Edizioni Standard)

PUTRIDARIUM
di Paolo Di Orazio
Romanzo – **Formato cartaceo ed eBook**
Giugno 2018

ALTRI TITOLI DISPONIBILI (Edizioni Standard)

CADAVERE SQUISITO
di Poppy Z. Brite
Romanzo – **Formato cartaceo ed eBook**
Maggio 2018

ALTRI TITOLI DISPONIBILI (Edizioni Standard)

I FIGLI DI UXOR 77
di Caleb Battiago
Raccolta di Racconti – **Formato cartaceo ed eBook**
Aprile 2018

ALTRI TITOLI DISPONIBILI (Edizioni Standard)

HELLRAISER – IL TRIBUTO
di Mark Alan Miller & Clive Barker
Novella – **Formato cartaceo ed eBook**
Marzo 2018

ALTRI TITOLI DISPONIBILI (Edizioni Standard)

IL RITORNO DELLA BESTIA
di Richard Laymon
Romanzo – **Formato cartaceo ed eBook**
Gennaio 2018

ALTRI TITOLI DISPONIBILI (Edizioni Standard)

CLAUSTROFOLLIA
di Carlton Mellick III
Romanzo – **Formato cartaceo ed eBook**
Dicembre 2017

ALTRI TITOLI DISPONIBILI (Edizioni Standard)

CUOIO NERO
di David J. Schow
Romanzo – **Formato cartaceo ed eBook**
Dicembre 2017

ALTRI TITOLI DISPONIBILI (Edizioni Standard)

SCHIAVI DELL'INFERNO
di Clive Barker
Romanzo – **Formato cartaceo ed eBook**
Ottobre 2017

ALTRI TITOLI DISPONIBILI (Edizioni Standard)

LA TANA DI MEZZANOTTE
di Richard Laymon
Romanzo – **Formato cartaceo ed eBook**
Ottobre 2017

ALTRI TITOLI DISPONIBILI (Edizioni Standard)

SUPREME – IL CIRCO DELLE MERAVIGLIE
di Caleb Battiago
Novelle – **Formato cartaceo ed eBook**
Novembre 2017

ALTRI TITOLI DISPONIBILI (Edizioni Standard)

ANIME TORTURATE
di Clive Barker
Novella – **Formato cartaceo ed eBook**
Settembre 2017

ALTRI TITOLI DISPONIBILI (Edizioni Standard)

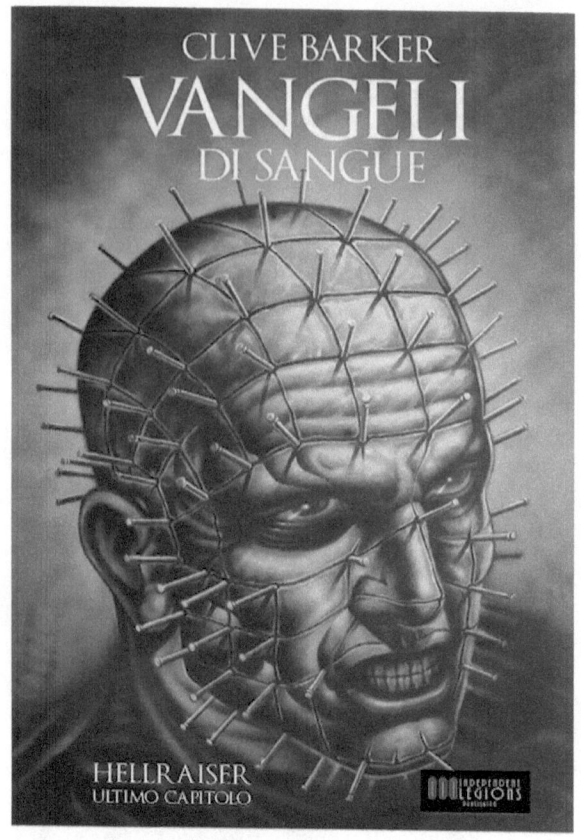

VANGELI DI SANGUE
di Clive Barker
Romanzo – **Formato cartaceo ed eBook**
Luglio 2017

ALTRI TITOLI DISPONIBILI (Edizioni Standard)

JAKABOK – IL DEMONE DEL LIBRO
di Clive Barker
Romanzo – **Formato cartaceo ed eBook**
Giugno 2017

ALTRI TITOLI DISPONIBILI (Edizioni Standard)

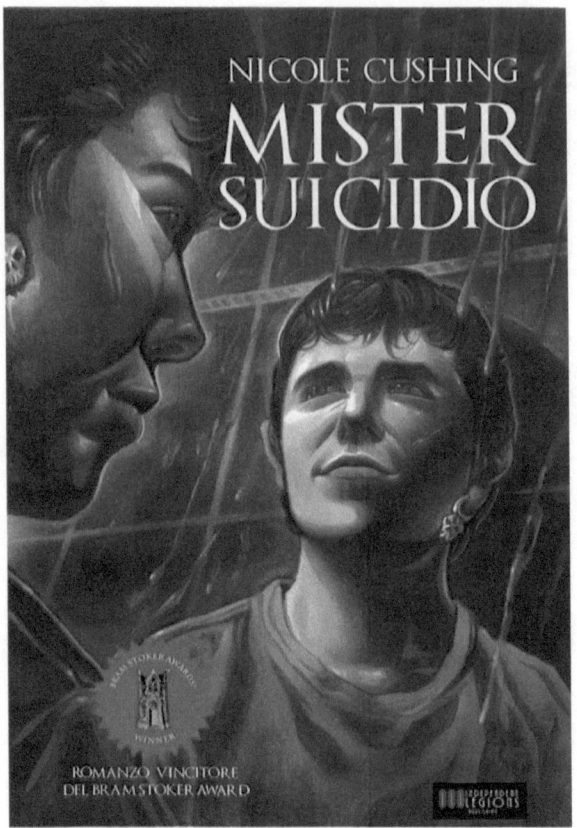

MISTER SUICIDIO
di Nicole Cushing
Romanzo – **Formato cartaceo ed eBook**
Luglio 2017

ALTRI TITOLI DISPONIBILI (Edizioni Standard)

HEADER – CACCIA ALLE TESTE
di Edward Lee
Romanzo – **Formato cartaceo ed eBook**
Luglio 2017

ALTRI TITOLI DISPONIBILI (Edizioni Standard)

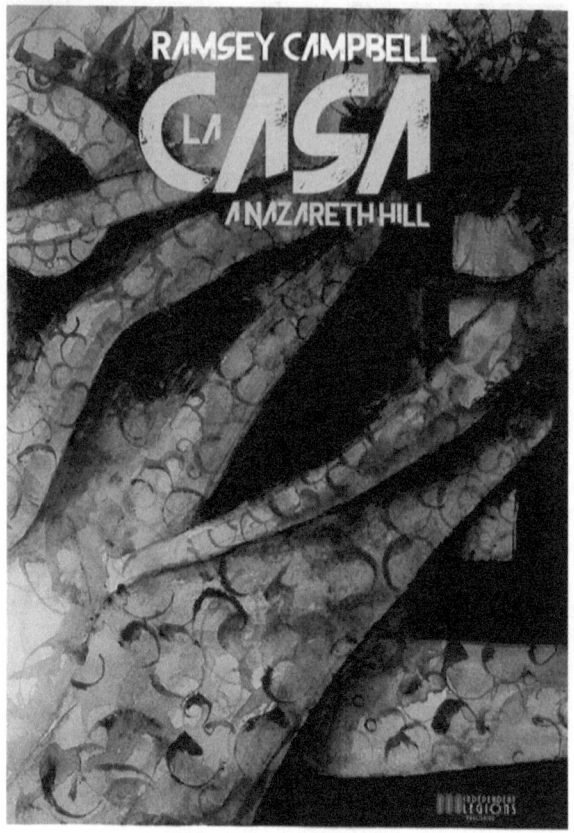

LA CASA A NAZARETH HILL
di Ramsey Campbell
Romanzo – **Formato cartaceo ed eBook**
Gennaio 2017

ALTRI TITOLI DISPONIBILI (Edizioni Standard)

DISEGNI DI SANGUE
di Poppy Z. Brite
Romanzo – **Formato cartaceo ed eBook**
Aprile 2017

ALTRI TITOLI DISPONIBILI (Edizioni Standard)

CARNE CON MORTE
di Shane McKenzie
Romanzo – **Formato cartaceo ed eBook**
Febbraio 2017

ALTRI TITOLI DISPONIBILI (Edizioni Standard)

L'ISOLA
di Richard Laymon
Romanzo – **Formato cartaceo ed eBook**
Luglio 2016

ALTRI TITOLI DISPONIBILI (Edizioni Standard)

SENTIERI DI SANGUE
di Jack Ketchum
Breve romanzo – **Formato cartaceo ed eBook**
Novembre 2016

ALTRI TITOLI DISPONIBILI (Edizioni Standard)

IL CIMITERO DEI VIVI
di Poppy Z. Brite
Raccolta di Racconti – **Formato cartaceo ed eBook**
Ottobre 2016

ALTRI TITOLI DISPONIBILI (Edizioni Standard)

I GIORNI DELLA BESTIA
di Charlee Jacob
Raccolta di racconti – **Formato cartaceo ed eBook**
Luglio 2016

ALTRI TITOLI DISPONIBILI (Edizioni Standard)

IO VIAGGIO DI NOTTE
di Robert McCammon
Romanzo breve – **Formato cartaceo ed eBook**
Luglio 2016

ALTRI TITOLI DISPONIBILI (Edizioni Standard)

NARAKA – L'Apocalisse della Carne
di Caleb Battiago
Romanzo– **Formato cartaceo**
Luglio 2016

ALTRI TITOLI DISPONIBILI (Edizioni Standard)

SHANTI – La Città Santa
di Caleb Battiago
Romanzo– **Formato cartaceo**
Luglio 2016

TITOLI IN USCITA

EDIZIONI STANDARD
FORMATO CARTACEO E DIGITALE

TITOLI IN USCITA (Edizioni Standard)

WIDOW'S POINT – IL FARO MALEDETTO
di Richard Chizmar
Novella– **Formato cartaceo e digitale**
In uscita a Giugno 2018

ALTRI TITOLI DISPONIBILI

EDIZIONI COLLECTION
FORMATO CARTACEO
TIRATURA LIMITATA E NUMERATA

ALTRI TITOLI DISPONIBILI (Edizioni Collection)

SHINING IN THE DARK
di AA.VV.
Antologia di Racconti – **Formato cartaceo**
Marzo 2018
EDIZIONE A TIRATURA LIMITATA – 800 COPIE NUMERATE

ALTRI TITOLI DISPONIBILI (Edizioni Collection)

IL GIARDINO DELLE DELIZIE
di Caleb Battiago
Raccolta di Racconti – **Formato cartaceo**
Aprile 2018
EDIZIONE A TIRATURA LIMITATA – 66 COPIE NUMERATE
ILLUSTRAZIONI INTERNE DI STEFANO CARDOSELLI

TITOLI IN USCITA (Edizioni Collection)

VLOODY MARY
di Paolo Di Orazio
Romanzo – **Formato cartaceo**
Maggio 2018
EDIZIONE A TIRATURA LIMITATA – 199 COPIE NUMERATE

TITOLI IN USCITA
PRENOTABILI SUL NOSTRO STORE

EDIZIONI COLLECTION

FORMATO CARTACEO
TIRATURA LIMITATA E NUMERATA

TITOLI IN USCITA (Edizioni Collection)

TRITTICO HORROR
di Richard Laymon
Contiene 3 Romanzi dell'Autore – **Formato cartaceo**
Luglio 2018
EDIZIONE A TIRATURA LIMITATA – 350 COPIE NUMERATE

TITOLI IN USCITA (Edizioni Collection)

IL LIBRO DEGLI ORRORI
di AA.VV.
Antologia di Racconti – **Formato cartaceo**
Settembre 2018
EDIZIONE A TIRATURA LIMITATA – 1.200 COPIE NUMERATE

TITOLI IN USCITA (Edizioni Collection)

STORIE DA INCUBO
di AA.VV.
Antologia di Racconti – **Formato cartaceo**
Dicembre 2018
EDIZIONE A TIRATURA LIMITATA – 1.200 COPIE NUMERATE

TITOLI IN USCITA (Edizioni Collection)

QUINTESSENZA HORROR
di AA.VV.
Antologia di Racconti – **Formato cartaceo**
Marzo 2019
EDIZIONE A TIRATURA LIMITATA – 1.200 COPIE NUMERATE

SAMSARA संसार

ALTRI TITOLI DISPONIBILI – EDIZIONI SOLO DIGITALI

I SOGNI DEL DIAVOLO – Splatterpunk Glory
Racconti di: Richard Laymon, Poppy Z. Brite, Caleb Battiago e Lucy Snyder
Antologia di Racconti – **Formato eBook**
Settembre 2015

**DANZE ERETICHE- HORROR EXPERIENCE
Volume 1**
Racconti di: Richard Laymon, Poppy Z. Brite e Paolo Di Orazio
Antologia di Racconti – **Formato eBook**
Gennaio 2016

**DANZE ERETICHE- HORROR EXPERIENCE
Volume 2**
Racconti di: Ramsey Campbell, Gary Braunbek, Lisa Morton e Caleb Battiago
Antologia di Racconti – **Formato eBook**
Gennaio 2016

IN LONTANANZA, UN BATTITO DI ALI NERE
di Usman T. Malik
Antologia di Racconti – **Formato eBook**
Aprile 2016

MR. TORSO – ABOMINEVOLE REDENZIONE
di Edward Lee
Racconto – **Formato eBook**
Maggio 2016

L'INCUBATRICE
di Paolo Di Orazio
Novella– **Formato eBook**
Maggio 2016

SIRENE E FIGLIE FAMELICHE
di Alyssa Wong
Raccolta di Racconti - **Formato eBook**
Febbraio 2016

BEST LEGIONS – I MIGLIORI RACCONTI PUBBLICATI NEL 2016
di Richard Laymon, Ramsey Campbell, Poppy Z. Brite, Charlee Jacob, Caleb
Battiago, Lucy Snyder, Paolo Di Orazio, Alyssa Wong, Usman Malik
Antologia - **Formato eBook**
Novembre 2016

B.I.H.F.F. - SPLATTER PRESENTA: BEST ITALIAN FLASH FICTION
di Stefano Fantelli, Paolo Di Orazio, Caleb Battiago, Nicola Lombardi, Luigi
Musolino, Poppy Z. Brite, Edward Lee, Charlee Jacob e molti altri
Antologia - **Formato eBook**
Febbraio 2017

AREA 52
di Caleb Battiago
Novella - **Formato eBook**
Febbraio 2017

TITOLI DISPONIBILI – IN INGLESE

Consulta il catalogo delle nostre pubblicazioni in lingua Inglese sul nostro Sito Web: **www.independentlegions.com/english-books.html**

INDEPENDENT LEGIONS PUBLISHING
DI ALESSANDRO MANZETTI
Via Virgilio, 10 – TRIESTE (ITALY)
+39 040 9776602
www.independentlegions.com
independent.legions@aol.com

SPECIALTY PRESS AWARD RECIPIENT